名無しの権兵衛
Author Nanashinogonbee
星夕
Illustration Hoshiyu

シルヴィアとレオルドが織り成すダンスは、
多くの貴族を魅了する。
ただし、当人であるレオルドは、
観客を魅了しているつもりは、一切ない。
とにかく、早く終わってくれと、
レオルドは心の中で嘆いていた。

エロゲ転生 2

運命に抗う金豚貴族の奮闘記

Reincarnation to the World of "ERO-GE"
The Story about Lazy Aristocrat Who Struggle for Resist His Destiny

イザベル
「レオルド様。
最近、私の影が薄くなったと
思うのですが」

シャルロット
『ほらほら、お姉さんと遊びましょ？』
「あう、あのレオルド様……」
シェリア

『怪我はありませんか？』
たまたま後ろを歩いていた給仕係に
後ずさったシルヴィアがぶつかり、
給仕係が運んでいた飲み物が零《こぼ》れてしまう。
それを見たレオルドが咄嗟《とっさ》に手を伸ばして
シルヴィアを抱き寄せる。
そのおかげでシルヴィアのドレスが
濡《ぬ》れる事はなかった。
『はわ……！』

エロゲ転生
運命に抗う金豚貴族の奮闘記 2

名無しの権兵衛

OVERLAP

Reincarnation to the World of
"ERO-GE"

2

The Story about Lazy Aristocrat
Who Struggle for Resist His Destiny

CONTENTS

プロローグ

思いも寄らない人物に目をつけられてしまったレオルド。これは夢なのではないだろうかと頬を抓《つね》ってみるが普通に痛い。

なるほど、これは夢ではない。だとすれば、自分は幻覚を見ているのではないかと首を捻《ひね》るレオルドだが、先程からの奇行にシルヴィアはレオルドに尋ねた。

「先程から何をしているのです？　頬を抓ったり、首を振ったりと。もしかして、夢か何かだと勘違いしていますの？」

ドキッとするレオルドは慌てながらも言い訳をする。

「い、いえ。そういう訳ではないんです。少し、寝違えてしまいまして、首に違和感があるのですよ。はははっ……」

誤魔化すように笑ってみるが、目の前にいるシルヴィアは騙《だま》されない。ジト目でレオルドを見つめており、やがて、その視線に耐え切れなくなったレオルドは素直に謝る。

「お許しを、シルヴィア殿下。これ以上は身が持ちません」

頭を下げるレオルドを見て、シルヴィアは困ったように笑う。

「まあ、そんな……っ！　私、レオルド様を困らせるつもりはなかったのですよ？」

レオルドを困らせるつもりなど微塵《みじん》もないといった感じに、シルヴィアは悲痛な表情を浮かべる。しかし、レオルドから見れば胡散臭《うさんくさ》いものにしか見えなかった。

（どの口が言うんじゃい！　分かっててやってるんだろうが！）

公の場でレオルドが、第四王女であるシルヴィアに頭を下げている光景は、多くの貴族達《たち》に見られていた。

その中にはレオルドと因縁浅からぬ人物がいた。その人物の名はエリナ・ヴァンシュタイン。運命48《ゲーム》でメインヒロインの一人を務めている。そのエリナは、レオルドとシルヴィアのやり取りを遠目に眺めていた。なにやら、レオルドに話したい事があるようだが、シルヴィアが近くにいるので近付けないようだ。

（今は近付かない方がいいわね……）

シルヴィアがレオルドから離れるまで、エリナは待つ事にした。

そのシルヴィアは、とても上機嫌にレオルドへ迫っている。無論、レオルドの方はげんなりとした様子であるが。

「レオルド様。どうされたのですか？　ご気分でも優れないのでしょうか？」

「いえ、そのような事はないですよ」

「では、どうして、先程から何も食べておられないのですか？　私が来る前は、あんなに美味《おい》しそうに料理を食べていましたのに……」

（どっから見てたんだよ！）

軽く恐怖するレオルドは、頬を引き攣《つ》らせる。ちなみにシルヴィアは、会場に入った際、真っ先にレオルドを探していたので、その時にレオルドが用意されていた料理を美味しそうに食べていたのを確認済みであった。待望のレオルドと会えるのだから、それくらいは当然であろう。

「シ、シルヴィア殿下。もう十分、話したと思いますから、他の方々に挨拶へ行ってはいかがでしょうか？」

シルヴィアが常に側《そば》にいるのは、精神的によろしくないと判断したレオルドは、とにかく遠ざけようと試みる。しかし悲しい事に、それは叶《かな》わない。

「あ、それなら問題ありませんわ。既に挨拶は済ませてますので。うふふ」

（うふふ、じゃねえよ！　こいつ、最初から俺狙いだったのか！　美少女に狙われるのは嬉《うれ》しいけど、こんなのは望んでない！）

悲しい事にレオルドは、シルヴィアの魔の手から逃れる事が出来ない。シルヴィアに目をつけられた以上、レオルドに安息の日は訪れないのだ。

その後も、シルヴィアはレオルドに付き纏《まと》う。王女ともあろう人間が、一人の男に拘《こだわ》っても問題ないのかと思うが、特に問題はない。ここは異世界なのだから、レオルドの知っている常識など通じないのだ。

「レオルド様、楽しんでおられますか？」

「はい」

「先程から無機質な返事ばかりで私、寂しいですわ」

「勿論《もちろん》、楽しいです！　シルヴィア殿下のように麗しき御方《おかた》と共にいられるとは、幸福の極みにございます！」

「まあ、そこまで喜んで下さるなんて！　私も嬉しいですわ！」

（こ、このアマ〜！）

「どうしたのですか、レオルド様？　お顔が引き攣《つ》っていますわよ？」

「シルヴィア様に見惚《みと》れていましたので」

「ふふ、お上手ですわね」

（ぐぎぎぎ……）

　必死に怒りを抑えるレオルドは、笑顔という名の仮面を被《かぶ》っている。しかし、シルヴィアの本性を垣間見《かいまみ》たレオルドの内心は怒りに満ちていた。

　そんなレオルドとは違い、二人で行動しているシルヴィアの方は本当に楽しんでいるかのように見える。

　周囲の貴族からすれば、王族であるシルヴィアと共に行動出来るだけでも名誉な事なのに、レオルドの様子はそうでもないので、レオルドを睨《にら》んでいる者も少なくはない。

　レオルドも先程から、何度も向けられる嫉妬の視線には気が付いていた。代われるのなら代わりたい。むしろ、代わってあげたいとさえレオルドは思っている。

　どうしてこのような計算高い腹黒女といなければいけないのかとレオルドは苛立《いらだ》っていた。外見は確かに好みではあるが、中身は側溝に溜《た》まったヘドロとしか思えない。

よくよく思い出してみれば、運命48《ディスティニー・フォーティーエイト》でのシルヴィアは聖女のような扱いであった。登場シーンも少なめで、どういう人物かはあまり記されてはいない。公式のキャラ設定でも才色兼備の美少女としか書かれていない。王女ルート、ハーレムルートでは死んでしまうので儚《はかな》いイメージもある。

　しかし、現実で会ったシルヴィアはとんでもない女性であった。とはいえ、よくよく考えれば王族は誰しもが怪物、傑物ばかりだ。

　ならば、シルヴィアもそういう認識で間違いないだろう。ただ、なぜレオルドに興味を示したのかは分からない。

　確かに過去のレオルドと今のレオルドは違う。それだけで興味を引くかと言われればノーと答えるだろう。気にはなるだろうが、興味を持つほどではない。なんと言ってもレオルドは、既に公爵家から廃嫡されており、ゼアトという辺境の地に幽閉されている身分なのだ。

　今回、功績を挙げたからと言って執心する意味がない。褒めたら終わりなのだ。レオルドという存在は。

「シルヴィア殿下。いつまでも私の側ではなく、他の方の所にも行かれた方が良いのでは？」

「そんな！　レオルド様。私が側にいてはお邪魔だと？」

「いえ、そのような事はないです！　嬉しく思います！」

「まあ！　でしたら、いいではありませんか」

（よくない！　よくないよー！！！）

恐らくレオルドの内心を読み取っているシルヴィアは楽しんでいる。

そもそもシルヴィアは王族であるので、多くの貴族と腹の探りあいをしてきた。故に、レオルドが考えている事など、容易に読み解く事が出来る。

（ふふふっ。レオルド様は、分かりやすい方ですわね。以前、お会いした時は、私に取り入ろうと必死になっていましたけど、今では別の事を考えていますわね）

色々な魂胆で、シルヴィアに近付いてきた者達は多かった。その中には、レオルドも含まれていたが、今は違う事に興味が湧いている。どうして心変わりしたのかとシルヴィアは興味が尽きない。

今まで心変わりしたかのような貴族は見たが、レオルドほどではなかった。だからこそ、シルヴィアがレオルドに興味を持つのは不思議な事ではない。むしろ、当然であった。

しばらくの間、二人は共に行動をしていた。すると、パーティ会場に音楽が流れ始めて、いくつかのペアがダンスを始める。レオルドは、絶対に御免だと、ダンスをしている場から遠ざかろうとしたが、その時、シルヴィアに腕を掴《つか》まれる。

「あら、どこへ行こうというのですか、レオルド様？」

「お腹《なか》の調子がよくないので……」

咄嗟《とっさ》に嘘《うそ》を吐《つ》くレオルドだがシルヴィアは騙されない。

「先程も美味しそうにワインを飲んでいたではありませんか。嘘はよろしくないですわ」

そう言って微笑《ほほえ》むシルヴィアは、レオルドのお腹をプニプニと突《つつ》く。それが、思いのほか、気持ちよくて楽しかったので、しばらく、レオルドのお腹を突くシルヴィア。しかし、我慢の限界を迎えたレオルドは涙声で訴える。

「……勘弁して下さい」

泣きそうなレオルドにシルヴィアはどこか興奮を覚える。ゾクゾクとした新たな感情に、戸惑うシルヴィアだが、レオルドを逃がすような事はしない。

「踊りましょう、レオルド様」

「嫌と言ったら？」

「うふふふ。私、陛下に何を言うか、分かりませんわ」

「シルヴィア殿下。どうか、私と一曲踊って頂けませんか！」

もう形振《なりふ》り構わずだ。跪《ひざまず》いてシルヴィアに手を差し伸べるレオルド。シルヴィアは万人を魅了するであろう可憐《かれん》な微笑みでレオルドの手を取り、了承する。

「喜んで」

（可愛《かわい》いな、ちくしょう！！！）

レオルドも例外ではなかった。やはり外見だけは、レオルドも魅力的に感じていた。これで中身も伴っていれば、さぞ素晴らしい事であったのにと、レオルドは残念に思う。

華やかな音楽と共にレオルドは、シルヴィアと踊る。意外な事に思うだろうが、レオルドは普通に踊れる。しかも、割と上手にだ。腐っても公爵家の人間なのだ、レオルドは。

シルヴィアとレオルドが織り成すダンスは、多くの貴族を魅了する。ただし、当人であるレオルドは、観客を魅了しているつもりは、一切ない。とにかく、早く終わってくれと、レオルドは心の中で嘆いていた。

やがて音楽が止《や》み、ダンスが終わる。レオルドとシルヴィアのダンスを見ていた貴族達は、お世辞抜きの賞賛を送り、二人は拍手喝采を浴びる。

拍手喝采を浴びた二人に、多くの人間が押し寄せた。といっても、全員男であるが。

理由は勿論、シルヴィアにダンスを申し込むためだ。レオルドは、シルヴィアが多くの男性に囲まれている隙に逃げ出した。

壁際にまで逃げ延びると、やっと解放されたと一息つく。それから、喉が渇いたので使用人から飲み物を受け取り、壁と同化するように佇《たたず》んだ。

遠くからシルヴィアが困っている様子を眺めながら、レオルドは喉を潤していく。火照った身体《からだ》に、喉を冷たい飲み物が潤してくれる感覚に、レオルドは小さく唸《うな》りを上げる。

「くぅ～～～！　うめえ～～～！」

すると、また音楽が流れ始めて、ダンスが再開される。今度は踊る必要もないのでレオルドは、ぼんやりとダンスを眺めていた。

レオルドがぼんやりとダンスを眺めていると、母親《オリビア》が近付いてきた。

「先程のダンス、見事だったわ、レオルド」

「お褒め頂きありがとうございます」

「一つ気になるのだけれど、どうやってシルヴィア殿下を口説き落としたの？」

「口説いてなんていませんよ。何故《なぜ》かは知らないですけど、気に入られたみたいです」

「あら～。よかったじゃない！　もう、レオルドは結婚出来ないかと思っていたけど、まさかシルヴィア殿下に気に入られるなんて！」

「と、突然、何を仰《おつしや》るのですか、母上！　俺のような罪人が殿下となんて、恐れ多いにも程がありますよ！」

「確かに貴方《あなた》は罪を犯したわ。だけど、結婚が出来ないなんて事はないわ」

「それはそうかもしれませんが……だからと言って相手が、殿下という事もないでしょう？」

「あら、そう思う？　レオルド。貴方は忘れてるのかもしれないけど、公爵家に殿下が嫁ぐ事はおかしくはないのよ？」

　オリビアの言う通りだ。確かに、王族の女性は国と国との結びつきを強くする為《ため》に、他国へ嫁ぐ事も多い。また、自国の貴族との結びつきも強くする為に、降嫁に出る事もある。

　つまり、公爵家であるレオルドにも可能性はある。ただし、どちらかと言えば、次期当主であるレグルスにこそ相応《ふさわ》しいが。

「可能性はあったとしても周りが認めないでしょう。それに陛下が何と仰るか」

「そうね。でも、なんとなくなのだけど私は大丈夫だと思うわ」

「どういう事ですか？」

「母の勘です。それ以外ありません」

「ははっ、そうですか。勘ですか……」

勘だと答える母親に、レオルドは何も言わずに遠くを眺めた。

（まあ、関係ないか。俺は生き残る事に専念しよう）

グビッと残り僅かだったワインを飲み干すレオルドは、そのままパーティ会場を抜け出す。王城の庭でレオルドが、パーティが終わるのを待っていると、そこに意外な人物が現れる。

「こんな所にいたのね」

背後から聞こえてくる声にレオルドは振り返る。すると、そこにいた人物にレオルドは、思わず目を見開いた。

「エリナ……！」

「久しぶりね、レオルド」

「何をしに来た？　わざわざ、会場を抜けてお前が俺に会いに来るなんて、天変地異の前触れか。それで、何の用だ？」

「大した用事じゃないわ。ただ、貴方に忠告をしに来ただけ」

「忠告だと？」

「ええ、そう。レオルド、貴方がこれから何かを成せば、傷つく人がいる事を覚えておき

なさい」

「どういう意味だ？」

「そのままの意味よ。貴方が過去に傷つけた人達《たち》は、貴方が何かを成せば苦しむ羽目になる。ここまで言えば分かるでしょ？」

「……そうか。そういう事か」

　エリナの言葉が最初は理解出来なかったレオルドだが、聞き返した事で彼女が何を伝えたいのかを理解した。覆水《ふくすい》盆に返らず、エリナが伝えたい事はそれであった。

　改心してレオルドがどれだけ善行を積もうとも、過去の悪行は消えやしない。むしろ、そのせいで傷ついた人達は、複雑な思いを抱く事になる。今更、レオルドが心を入れ替えたからと言って、傷つけられた人達は癒される事はない。

「私が言いたい事、分かったかしら？」

「ああ……。十分に理解したよ」

「そ。じゃあ、私は戻るから。精々、大人しくしておく事ね」

　そう言って、エリナはひらひらと手を振って、会場の方へ戻っていった。その背中を、ただ見詰めていたレオルドは、エリナがいなくなった後、俯《うつむ》いて溜息《ためいき》を吐いた。

「はあ……。ままならないものだ。せめて、赤子の頃から転生しておけば、こんな苦労をしなくても良かったのかもしれないな……」

　空を仰いで呟《つぶや》くが、どうにもならない事をレオルドは知っているので、溜息を吐く以外、何も出来なかった。

それから、レオルドが中庭で物思いにふけっていると、パーティは終わりを告げていた。パーティが終わったのでレオルドは、家族と共に実家へと帰る事に。

帰りの馬車では、父親《ベルーガ》にも母親と同じようにシルヴィアの事で、質問を受けて苦笑いが絶えなかった。加えて弟と妹からは、何か卑怯《ひきょう》な手を使ったのではないかと、猜疑心《さいぎしん》に満ちた言葉をぶつけられた。そんなこんなが、ありながらも、実家へ帰ったレオルドは、王都での用事は終わったとベッドにダイブした。

明日は、ゼアトへ戻る事になる。レオルドは、これでようやく、頭を悩ませたり胃を痛める事がなくなると、安心して眠りについた。

第一話 ✧ 領地改革計画

翌日、気分よく目が覚めたレオルドは、使用人に連れられて食堂へ向かう。食堂には父親《ベルーガ》の姿があった。その他、家族の姿は確認出来ない。父親に挨拶をして、席に着くレオルドだが、何を話せばいいか分からず沈黙してしまう。気まずそうにレオルドが、沈黙して固まっていると、父親の方からレオルドへ話しかけた。

「レオルド。実はお前に話したい事がある。食事が終わり次第、私の仕事部屋に来てくれ」

「わ、分かりました」

唐突に話しかけられて焦ったレオルドは、しどろもどろになりながらも返事をする。

その後、母親《オリビア》と弟と妹が食堂へとやってきた。家族が揃《そろ》った所で朝食を取る。

今日、レオルドが帰ると聞いているからか、レグルスとレイラの機嫌が良い。ただその一方で、オリビアの方は、あからさまに沈んでいる。

久しぶりに会えたと思ったのに、短い時間しか一緒にいられなかったので、オリビアとしては物足りなく感じるのも無理はない。

レオルドは、家族のそんな対照的な反応を見つつ朝食を続ける。特に何か言う事はない。むしろ、何か言えば片方が大きく反応するので沈黙以外の選択肢がない。あっちを立てればこっちが立たずという状況だ。家族団欒《だんらん》と言うのに嘆かわしいが、これも全てレオルドが招いた結果だ。

　それから、朝食を済ませたレオルドは、ベルーガに呼ばれていたので、ベルーガの仕事部屋へと向かった。

　ノックをして返事を聞いてから、中へと入るレオルドは、久しぶりに父親と二人っきりになる。

「用件はなんでしょうか？」

「うむ。実はお前に一つ頼みたい事があるのだ」

「父上が私にですか？　レグルスではなく？」

「ああ。お前にだ」

　珍しい事もあるものだなと思いつつ、レオルドは尋ねる。

「なんでしょうか？」

「ゼアトの全権をお前に任せたい。つまり、ゼアトにおいては領主代理という形だ」

「ふぁっ……？」

　王都に来てから、何度フリーズすればいいのだろうか。もう、レオルドの頭はオーバーヒートして燃え尽きてもおかしくはない。

「ゼアトはお前も知っている通り、私の領地であり管轄地域だ。だが、今はお前がいる。そして、今回の功績は非常に大きく、また騎士達からの声援も多い。だから、レオルド。

お前にゼアトを任せてみたいんだ」

「私は罪人ですよ!? 今まで通り、父上が治めている方が、民達は安心出来るはずです。光栄な話ですが、やはり私には荷が重過ぎるかと……」

「やはり、そうか……」

（おお！ 分かってくれたか！）

懸命に自分ではダメなのだと主張したのが響いたと確信したレオルドは、内心でガッツポーズを浮かべている。

「今のお前なら、そう言うと思っていた。だから、既に陛下から勅命《ちょくめい》を貰《もら》っている」

「ヴぁっ!?」

「これでも、まだ嫌だと申すか、レオルド？」

国王からの勅命とあれば、流石《さすが》に断れない事を理解しているレオルドは、心の内で泣きながら、父親へ示すように右手を胸に添えた。

「身命を賭《と》してゼアトを治めてみせます！」

「頼むぞ、息子《レオルド》よ」

（ちくしょう！ どうしてこうなった！）

嘆くレオルドだが、全て身から出た錆《さび》である。ただ生き残るだけならば、ひっそりと鍛錬を積み、来《きた》る時にだけ力を見せればよかったのだ。

しかし、今回は、国王に命じられたという仕方のない部分もあるが、騎士を救おうと頑張ったのは自分の意思だ。ゆえに自業自得である。

王都での用事を終えたレオルドは、ついにゼアトへ帰ろうとしていた。短いようで長かった王都での生活をレオルドは振り返る。

帰る際には母親《オリビア》がレオルドを抱きしめて、別れを惜しむという一幕があった。

「病気には気を付けるのよ？　これから寒くなるから温かくして寝る事。それから、たまにでいいからお手紙を頂戴。もしも忘れてたら、直接説教しにゼアトへ行きますからね！」

「は、はい、母上」

こんな感じでグイグイと迫って来る母親に困りながらも、最後は別れを告げてゼアトへと帰るレオルドであった。

ゼアトへ戻ってきて、早一週間が経過した。父親《ベルーガ》から託されたゼアトの全権。領主代理になったレオルドは、目まぐるしい毎日を送っていた。

朝、起きて、用意された朝食を取り終えると、レオルドは執務室へと向かう。ベルーガに領主代理を任されてからは、毎日書類とにらめっこしているのだ。

元々レオルドは、ベルーガの跡を継いで公爵領を取り纏《まと》める事になっていた。しかし、それがジークフリートとの決闘で白紙となってしまい、レオルドが政務に携わる事はないと思われていた。

そう思われていたのだが、レオルドはモンスターパニックでの功績を認められ、ベルーガからゼアトのみにおいて全権を預かる事となってしまう。

面倒極まりなかったが、過去の勉強は無駄にならなかった。それに、仙道真人《せんどうまこと》の記憶も保有しているおかげで数字にも強くなっており、意外と仕事は出来ている。

「ギル。ここの計算間違っているから、提出者に戻しておけ」

「は！」

ゼアトの商人から税金を受け取っているのだが、計算が間違っていたので、レオルドはギルバートに頼み書類を返却する。

その様子を見ていたイザベルはレオルドの為《ため》に紅茶を淹《い》れる。イザベルは最初、レオルドがほとんど一人で政務をこなしている事に驚いた。

本来であれば文官を雇い、複数の人間で終わらせる作業を、一人でこなしているのだから驚くのも無理はない。

ちなみに、この事は、ちゃっかりとシルヴィアに報告していたりする。

「ちっ……。イザベル。騎士団に魔物の駆除依頼が届いたと報告してくれ」

「対象は？」

「オークだ。数は不明。住民の畑を荒らしているのを確認したと書いてあるが、確認出来たのは二体だけ。他にもいるかもしれないから、注意するように伝えておけ」

「畏《かしこ》まりました」

書類の中には、住民からの依頼も交ざっている。レオルドは、領主代理になったおかげでゼアトに駐屯している騎士団のみならば出撃命令を出す事が出来るのだ。

レオルドはイザベルが部屋から出て行ったのを見てから、淹れてもらった紅茶を口にした。こうして午前は書類仕事に追われて過ぎていく。

それから、一段落付いたレオルドは凝った肩を解《ほぐ》すように回して、首を鳴らす。

「あ〜〜〜。疲れた……」

「ご苦労様です」

「うん、ありがとさん」

イザベルから差し出された新しい紅茶を口に含みながら、レオルドは外を眺める。

（やっぱ、人手が足りないわ。てか、パソコン欲しい！　文明の利器欲しい！　メールで解決出来るような事ばっかだし、エクセルもあればもっと効率が……。ないものねだりしても仕方がないか）

レオルドは真人の記憶にあった文明の利器が、今こそ欲しいと切実に思っていた。

しかし残念ながら、運命48《ディスティニー・フォーティーエイト》の世界は、日本人が考えた中世風なんちゃってヨーロッパなのだ。

だから、パソコンどころか電気もない。しかも、魔法という奇跡が存在しているおかげで、科学の発展もしていない。

だが実は、隣国の帝国では科学と魔法が融合している。その為、時代の先駆者になっており、機関車まで存在しているチグハグな世界だ。ただし、まだ車は無い。が、それも時間の問題だろう。

午前の仕事を終えたレオルドは、昼食を取ってから、午後の鍛錬《ダイエット》へ向かう。

ギルから体術を学び、バルバロトから剣を教わる。既にレオルドの実力はベイナードが認めるほどになっていた。

今は、まだ二人から一本も取れてはいないが、直に取れるであろう。そして、その近くには、いつも介抱の為にシェリアとイザベルが控えている。

最初こそ、主であるレオルドに容赦なく拳を叩《たた》き込むギルに驚き、仕えているはずの騎士が罵声を浴びせながら、木剣を叩き付けている姿に戦慄《せんりつ》したが、今はもう慣れたものである。

むしろ、今は少し楽しんでいる。吹き飛ばされる時は、豚のようにレオルドが鳴くものだから、驚くと同時に二人は笑ってしまうのだ。勿論《もちろん》、レオルドに気付かれないように、後ろを向いているのだが。

「うぅ……」

泥塗《どろまみ》れになって、地面に横たわっているレオルドへイザベルが近付き、濡《ぬ》れたタオルで顔の汚れを拭き取る。

「痛い、痛い！　ゴシゴシするな！」

「申し訳ありません。つい力が入ってしまいました」

「つい力が入ってしまいました、じゃないだろ！　明らかにワザとだろう！」

「いえ、そのような事は、決してありません」

「嘘《うそ》つけ！　もういい。自分でやるから、タオルを寄越《よこ》せ」

イザベルに顔をゴシゴシと拭かれて、怒ったレオルドはタオルを奪い取り、ぶつぶつと文句を言いながら、汚れた顔を拭いた。

「あの、レオルド様。これ、お水です」

「ん。おお、ありがとう、シェリア」

汚れた顔をタオルで拭き終わったレオルドへ、シェリアが冷えた水を渡す。それを受け取るレオルドは、シェリアに笑みを浮かべてお礼を言うと、イザベルへしかめっ面を向ける。

「お前もシェリアを見習え。主を気遣う事の出来るシェリアをな！」

そう強く主張するレオルドに、イザベルはこてんと可愛《かわい》らしく首を傾《かし》げる。

「はて？　私は、ちゃんと主であるレオルド様を気遣っていますが？」

「どこがだ、バカッ！」

イザベルの言い分にカチンときたレオルドは、持っている汚れたタオルを投げつける。

しかし、イザベルがパシッと受け止めてしまい、レオルドは悔しそうな表情を浮かべた。

「ふっ、まだまだですね」

鼻で笑い、余裕そうな表情を浮かべるイザベルに、レオルドはギリギリと歯軋《はぎし》りをする。

「まあまあ、レオルド様。落ち着いて下さいよ」

「バルバロト！　お前はどちらの味方なのだ！」

興奮しているレオルドは、バルバロトに面倒な質問をぶつける。バルバロトは、その質問を聞いて後頭部をかいた。レオルドと答えればいいのだろうが、そうすると調子に乗るのは間違いない。かといって、イザベルだと答えれば、イザベルが調子に乗って、益々《ますます》レオルドをからかう事だろう。

そのような未来が容易《たやす》く想像出来てしまうバルバロトは、ただ苦笑いを浮かべるのが精一杯であった。

「喧嘩《けんか》はそこまでです。坊ちゃま。元気が有り余ってるようですから、もう少し鍛錬《ダイエット》を続けましょうか」

「え……。いや、あの、え？」

まだ、了承もしていないのにギルバートは、レオルドの手を引っ張り、座っていたレオルドを立たせる。

「では、皆様。お下がりを」

「ちょ、待って、ギル。俺、まだＯＫしてない」

問答無用とばかりにギルバートは、レオルドへ襲い掛かる。

「ち、ちくしょうッ！　やってやらァ！」

もうこうなれば自棄《やけ》だ、とレオルドは迫りくるギルバートに立ち向かう。勿論、いつものごとく、ボコボコにされてしまうレオルドであった。


それから、夏が終わり、秋が来る。モンスターパニックが起こった夏が終わり、新たな季節を迎えたゼアト。果たして、今度は一体どのような事が起こるのだろうかと、レオルドは書類の山に埋もれながら思っていた。

秋になってもレオルドは、朝は政務、昼から鍛錬《ダイエット》、そして夕方にまた政務で就寝前に魔法の勉強。

身体《からだ》を動かすのは楽であるが、政務は頭を使わないといけない上に手が足りない。

なにせ、屋敷に政務が務まる人間がレオルドとギルバートしかいないからだ。元々いた文官は、ベルーガが連れ戻している。その事についてレオルドは猛抗議したのだが、自分の力でなんとかしなさいと父親に言われてしまい、頭を抱える事になった。

急ぎ、文官を雇わねばならないと、レオルドは募集を掛けている。最低でも、読み書きに四則計算が出来る人物が好ましいが、中々見つからない。

「くそ！　親父《おやじ》め！　せめて、一人だけでもいいから残してくれよな！　まあ、資料は分かりやすく纏めてくれてるのは、ありがたいけど！」

愚痴を吐きつつも、レオルドはしっかりと手を動かして、書類を片付けていた。忙しそうにしているレオルドに、イザベルは紅茶を差し出した。

「レオルド様。紅茶が入りました。少し、休憩なされてはどうでしょうか？」

レオルドは、イザベルから差し出された紅茶を見詰めた後、彼女へ目を向ける。

「イザベル。お前、事務仕事とかどう？」

「一介のメイドである私には、とてもとても……」

などと言っているが、イザベルは家事から戦闘までこなせる万能メイドだ。つまり、書類仕事だって、当然のように出来る。しかしイザベルは、非常に面倒だという事を理解しているので、断ろうと演技をしている。

「いや、お前なら出来るだろ。とぼけたって無駄だぞ」

「とぼけてなどおりませんわ。レオルド様、私はちょっと万能なだけのメイドですよ？」

「自己評価高いな、お前は！　まあ、その評価は間違ってないが……」

「そうでしょうとも」

「じゃあ、出来るな」

「申し訳ありません。急用を思い出しましたので、これにて失礼します」

そう言って、素早く踵《きびす》を返すイザベルは、レオルドの前から逃げ去った。

「あっ、おい！　くそ、都合が悪くなったら、逃げやがって……！」

逃げたイザベルに文句を垂れつつも、レオルドはイザベルに淹れてもらった紅茶を飲んた。

まるでオークに捕まった女騎士のような呟《つぶや》きを零《こぼ》す。その表情は、やはり悔しそうだ。

「くっ……、美味《うま》いッ！」


それからも、レオルドは書類とにらめっこしながら、仕事を続けていた。すると、そこへギルバートがやってくる。ようやく、助っ人《すけと》が来たとレオルドが喜んだのも束の間《つかま》、ギルバートの手には、追加の書類が握られている。

それを見たレオルドの表情から、感情が抜け落ちた。まるで、能面のような顔をしているレオルドに、ギルバートは手に持っていた書類を渡す。

「坊ちゃま。こちらもよろしくお願いします」

「……そこに置いといてくれ」

「畏まりました」

レオルドの仕事机に、どんどん書類が溜《た》まっていく。どう考えても、一人でやる仕事量ではないのだが、悲しい事に人手不足なのだ。

「ギル……。文官の応募は来たか？」

「残念ながら、採用には至りませんでした」

「そうか～……」

ギルバートの言葉を聞いて、レオルドは椅子に背をあずける。

(やばい。死んじゃう。まさか、過労死まっしぐらの生活になるなんて)

レオルドが領主代理になってから、多忙な毎日が続いていた。休む間もなく書類仕事に追われる日もざらにある。

肉体的にも精神的にも限界が訪れそうだった。早急に文官を見つけなくてはならないと、レオルドは奮起する。

しかし当てがない。レオルドには人脈がないのだ。いや、正確に言えばある。父親だ。ベルーガに頼めばいいのだが、残念ながら既に断られている。

そして、もう一人いる。こちらは頼ってしまえばどのような目に遭うか分からない。だが、公爵家当主であるベルーガ以上に人脈はあるだろう。なにせ、第四王女シルヴィアなのだから。

「ないない。無理だ」

考えたが、やはり無理だ。どのような要求をされるか分かったものではないと、早々に切り捨てる。気分転換に町へ降りようとするレオルドは、ギルバートへ声を掛けて、イザベルとシェリアを呼んでもらった。

三人をお供にレオルドは、ゼアトの町へと降りる。既にレオルドが、領主代理となっている事を、ゼアトの住民は知っている。

住民達《たち》は、最初こそレオルドの悪評を聞いて恐れていたが、多くの騎士が慕っている光景を見て、怯《おび》える事はなくなった。

そのおかげで、レオルドが町に出てきても住民達は怯えてしまうような事はない。色々と頑張った甲斐《かい》があるというものだとレオルドは、少しだけ嬉《うれ》しそうにしていた。

「うーむ。文官候補は見つからないか」

「王都のように大きくありませんから、市井に優秀な人材が眠っているような事はないでしょうね」

「くそぅ。このままじゃ、過労死まっしぐらだぞ」

「坊ちゃま。やはり、殿下に頼んではいかがでしょうか？」

「ギル。殿下に頼めば、確かに優秀な文官を派遣してもらえるだろう。だが、見返りが恐ろしい。何を要求されるか分かったものじゃない」

傍《そば》にイザベルがいるにも拘《かかわ》らず、シルヴィアに対して不敬な発言をするレオルド。というのも、彼は既に知っているのだ。イザベルがシルヴィアによって送り込まれた王家直属の諜報員《ちょうほういん》だという事を。なにせ、レオルドの傍にいない限りは、知らないような情報をシルヴィアは知っていた。

ならば、情報を流している者がいるとレオルドは考えた。そして、もっとも疑わしいのがイザベルであったので、ギルバートに調査させた結果、黒だと判明した。

イザベルが王家直属の諜報員だと知って、レオルドは非常に悩んだ結果、解雇する事なく雇い続ける事を選んだ。悔しいがイザベルは優秀なのだ。手放すには惜しいと、レオルドは思ってしまったのだ。

「私の前で、殿下の悪口とは肝が据わってますね。レオルド様」

そして、イザベルの方も正体がバレてしまったので取り繕うような事はしなくなった。

「事実だから悪口ではない！」

「一応、報告しておきますね」

「やめれーッ！」

やはり、まだシルヴィアが恐ろしいレオルドは、イザベルがシルヴィアに報告するのを必死に止める。

「二人とも、仲が良いですね～」

そんな二人のやり取りを見ていたシェリアは、呑気《のんき》な事を呟いていた。

「ですが、このままだと坊ちゃまも限界を迎えるでしょう。何か手を打たねばなりませんぞ」

一方で、ギルバートは二人のやり取りを見慣れているので、無視して本題の文官不足について進めた。それを聞いて、レオルドは真面目な表情になり、顎に手を当てる。

「それは、分かっているが……」

「レオルド様って人脈がありませんものね」

「うるさいわっ！」

ホントの事だけに、レオルドもそれ以上は何も言えなかった。

人望は最近増やしつつあるものの人脈は父親とシルヴィアしかない。むしろ、シルヴィアというこれ以上ない立場の人間と関わりがあるのは凄《すご》い。だが、使い辛《づら》い。王族に対して無礼ではあるが、シルヴィアは関わりたくない人種であった。

そこで、レオルドはシェリアの方をチラリと見て、ボソッと呟いた。

「育てるか……」

すると、その瞬間、ギルバートからとてつもない威圧感《プレッシャー》を感じて、レオルドはシェリアを文官にするという選択肢を除外した。

「誘拐でもする気ですか？」

そして、イザベルはとんでもない事を口にした。

「イザベル！　お前は俺をなんだと思ってるんだ！」

その一言に怒ったレオルドは、イザベルを問い詰める。

「敬愛すべき主ですわ」

「嘘《うそ》おっしゃい！」

「はて？」

「可愛《かわい》らしく首を傾《かし》げても俺は騙《だま》されんぞ！」

「そのようなつもりはないのですが、褒めて頂けるとは」

手を顔に当てて顔を赤く染めるイザベルにレオルドは見惚《みと》れるが、演技だと分かってツッコミを入れる。

「お前のそのメンタルが羨ましいわ！」

もうお馴染《なじ》みとなってしまった光景にギルバートとシェリアは和んでいた。二人の間に割って入る事は出来ないが、レオルドが楽しそうにしているようで、ギルバートも嬉しく思っていた。

ただ、シェリアの方は自分も交ざりたいと思っている。そして、いつかイザベルのように、物怖《ものお》じしない立派なメイドになりたいと、シェリアは考えていた。

「坊ちゃま、イザベル。ここは往来の場ですぞ」

しかし、いつまでも見ている訳にはいかないのでギルバートは、ワザとらしく咳払《せきばら》いをして二人を注意した。

「むっ……行くぞ」

注意されて、レオルドは周囲の目が自分に向いている事を知って、歩き出す。

「もう少し戯れても良かったのですが、ギルバート殿に従いますわ」

イザベルも大人しく従って、レオルドの後ろを付いていく。そして、ギルバートとシェリアも歩き出したレオルドの後ろを付いていくのだった。

（しかし、大して大きくない町だ。あまり、見るようなものはないな。強いて言うならば砦《とりで》くらいだろうが、今は見に行く必要も無い）

レオルドは左右を見回しながら、文官に向いてそうな人材を探すがピンと来ない。やはり、涙を呑《の》んでシルヴィアに頼むべきだろうかと悩み始めた頃、騎士団の兵舎へと辿《たど》り着く。

（ふむ……、そういえば騎士の中にも文官はいるよな？　そこからヘッドハンティングでも……。いや、騎士団にとって文官は貴重そうだからやめておこう）

淡い期待を込めて、レオルドは兵舎へと足を進める。中に入ると、訓練場の方から暑苦しい掛け声が聞こえてくる。

恐らく、訓練に励んでいるのだろう。レオルドも身体《からだ》を動かすのはいい気分転換になるだろうと思って訓練場に顔を出す。

すると、レオルドに気が付いた騎士達は、訓練を中止してレオルドへ挨拶をする。レオルドは訓練を続けろ、と手を振って制する。

しばらく騎士達の訓練を見ていると、バルバロトがレオルド一行に歩み寄ってくる。

「今日は、どのようなご用件でこちらに？」

「ああ。実は文官候補を探してるんだが、中々見つからなくてな。町を散策してたら、この近くまで来たから見学にでもと寄ってみたんだ」

「もしかして、騎士の中から探そうとしてます？」

「まあ、否定はしない」

「ふーむ……」

バルバロトは文官候補に見当があるのか、考える素振りを見せている。レオルドも期待してバルバロトを見ていると、視界の端で雑用をしている騎士を捉える。

「なあ、バルバロト。雑用係は騎士にもいるのか？」

「ええ、まあ。その、雑用係は言い難《にく》いのですが、剣の才能が無い者ばかりです。ですから、掃除、洗濯などと言った雑務をさせております」

「引き抜く事は可能か？」

「可能でしょうが、文官が務まるかはなんとも言えません。ただ、あまり言いたくないのですが、雑用係は我々にとっては必要な存在なのです」

　そこまで言うと、バルバロトは少々バツが悪そうに頭をかく。

「騎士の大半は戦う事が得意であっても、そのような雑用が苦手という者も多いので。雑用係はそういう意味では重宝しているのです」

「なるほどな……。ん？　雑用係は戦いが不得意な騎士がやっているんだよな？」

「はい。それが、どうかしましたか？」

「ああ。少し改善策を思い付いた」

　不敵に笑うレオルドに、近くにいる四人は怪訝《けげん》な顔をする。しかし、同時にレオルドが今度は何をするのだろうかと、四人は期待を寄せる。

　一先《ひとま》ずレオルドは、バルバロトに頼んで雑用係になっている騎士を呼んでもらう。集まった雑用係の騎士は五人。ゼアトに駐屯している騎士団の数は二百人だ。

　それに対して五人と言うのは、少ないように思えるが、今は関係の無い事なので話を切り出した。

「早速だが、君達に尋ねたい。この中で文官になりたい者はいるか？」

レオルドの問いに、五人はお互いの顔を見合わす。どう答えればいいのか分からない表情だ。いきなり文官になりたいか、と言われても、騎士を辞める訳にはいかない。だから五人は、答える事が出来ずにお互いの顔を見合わせていた。

（うーん……、反応がよろしくないな。やっぱり、俺の部下にはなりたくないのか）

自己評価が低いレオルドは、自分の部下になりたくないのだと勘違いをしていた。

しかし、それは間違いだ。ゼアトの騎士団はレオルドの事を高く評価している。モンスターパニックの際に最前線で戦い、一人の犠牲者も出さずに終息へ導いた事から、騎士団から厚く信頼されている。

「あの……、何故《なぜ》、自分達なのでしょうか？」

五人のうちの一人がおずおずと手を挙げて、レオルドに尋ねた。

「ふむ。正直に言うと人手不足なのだ。それと、騎士団の改善をしようと思っている。まあ簡単に説明すると、騎士団へ雑用をこなせる人材を派遣しようと思う。そもそも、ゼアトに駐屯している騎士団は二百人だ。その人数を五人で支えるのは厳しいだろう？」

「それは有難いのですが……、給金は出ませんよ？　我々は騎士として給金を頂いておりますが、領主様が派遣なさる方々には、騎士団は給金を払わないと思います」

「ああ、だろうな。だが、安心しろ。俺が出す」

「ええっ！　領主様が自らですか!?」

「うむ。そうでもしないと、騎士団の雑用など誰もやりたがらないだろう」

「そうですけど、良いのですか？」

「勿論《もちろん》だ。それに、今は俺がゼアトの全権を握っている。騎士団への介入も可能だ。あとは俺が書類を纏《まと》めておこう。で、だ。この話を聞いたお前達《たち》は文官にはなりたくないか？その……、言い方は良くないが、お前達は家督を継げない貴族の三男、四男と言った立場の弱い人間だろう。悪い話では無いと思うのだが……」

レオルドも言ってて気まずくなったのか、五人から目を逸《そ》らすように話を続けた。このような言い方では、色良い返事など貰《もら》えないだろうと、頭をかく素振りを見せる。

「すまない。やはり、無かった事に――」

「やります。いえ、やらせて下さい」

「えっ？」

しばらく沈黙が続いたので、レオルドは諦めて話を終わらせようとした。しかし、雑用係の一人が文官になりたいと立候補したのだ。驚くレオルドは思わず聞き返してしまう。

「い、いいのか？　俺が言うのもなんだが、文官は大変だぞ。毎日、書類の山に追われるようになるんだ。正直、辛い仕事だ。別に無理はしなくてもいいんだぞ？」

「勧めておいて、何を戸惑ってるんですか……」

「うるさいわ、イザベル！　それで、もう一度聞くが、本当にやってくれるのか？」

「はい。自分は確かに、剣の才能が見込めず、雑用係をずっとやっていました。だから、何も出来ない自分が嫌で仕方がありませんでした。だけど、レオルド様の下で文官を務める事が出来たなら、こんな自分でも人に、家族に誇れると思ったのです！」

（しっかりとした意見ですわ！　ただ、やる気だけあってもダメなんだよなぁ。自分から言っといてなんだけど、試験が必要だな）

人柄は確認出来たが能力は分からない。なので、レオルドは立候補した者に試験を受けさせる事にした。さすがに、公爵家の領地であるゼアトを取り仕切る文官を面接だけで選ぶのは不味《まず》い。レオルドの判断は正しいと言えるだろう。

一人が立候補したおかげで残りの四人も立候補してくれて、レオルドは大満足である。ただ、彼等《かれら》に務まるかどうかは試験次第だ。

（今日帰ったら、早速試験問題を作るか。それを後日五人に受けさせる事にしよう）

内心で今後の方針を決めたレオルドはうんうんと頷《うなず》く。

「レオルド様。騎士団の雑用係を採用するのは分かりましたが、騎士団の雑用をする人材はどこから派遣するのです？」

当然の疑問をレオルドにぶつけるイザベル。レオルドはニヤリと口角を上げて答える。

「その事なんだが、イザベル。お前は、新しく雇った使用人と一緒に騎士団へと行ってくれ。ある程度、新人の育成が終わったらこちらに帰還して欲しい」

「は？　レオルド様。私は姫様からレオルド様の下に付くように言われましたが、そこまでする義理はありませんよ」

「お前以外に適任がいない。それに暑苦しい男連中の所にも花は必要だろう」

「まさか、私を性欲の捌《は》け口《ぐち》にするおつもりですか？」

自身の身体を両手で抱きしめるイザベルは、まるでか弱い乙女のように震える。しかしレオルドは、イザベルなら返り討ちにするだろうと、確信しているので心を痛めない。

「お前ならば、問題ないだろう。ただ、他の者は確かに危険な目に遭うかもしれんな。騎士は貴族が多いから権力で物を言わせてくる輩《やから》もいるかもしれん」

「レオルド様みたいにですね」

「そうそう……ってやかましいわ！」

「見事なノリツッコミでございますわ」

「ありがとう。まあ、その一点が心配だが、お前が上手《うま》くやってくれ」

「お断りしても？」

「なら、他の者に任せるだけだ。あーあ、優秀で完璧な万能メイドがいたらなー」

あからさまにイザベルを挑発するレオルドだが、そのような手には引っかからないだろう。だが、イザベルはそれが分かってても挑発に乗ってしまう。

「仕方がありませんね。この優秀で完璧な万能美人メイドであるイザベルが、レオルド様の命令に従い騎士団の改善を試みましょう」

優秀で完璧な万能美人メイドという単語を、やたらと強調しながらイザベルは自身の胸を叩《たた》いて、レオルドの頼みを引き受けた。

「よろしく頼む」

「ちなみに見事成し遂げた暁には、ご褒美はあるのでしょうか？」

「その一言が無かったら考えたのになー！」

「私とした事が、うっかりしてましたわ」

そのようなやり取りを見ていたシェリアは、レオルドに食って掛かる。

「あ、あの、レオルド様！　私もいいですか！」

「え……？　もしかして、騎士団への派遣か？」

「はい！　私もイザベルさんと一緒にやってみたいんです！」

「な、なんでだ？　言っておくが、イザベルは自衛出来るから選んだんだぞ？」

「それは……、分かってます。でも、私だって出来る事を証明したいんです！」

シェリアはレオルドの先程の言葉を気にしている。イザベルに言った事は、恐らく本心である事を見抜いている。シェリアは自分もイザベルのようになりたいと憧れを抱いているから、無理にお願いをしているのだ。

「え、えぇ。その意気込みは嬉《うれ》しいんだが、やはり騎士団という男所帯にシェリアを送り込むのは、流石《さすが》にな」

「で、でも、私だって、レオルド様のメイドとして頑張ってきたんです！　だから、私にもやらせて下さい！」

これは困った事になったと、レオルドは頬をかいた。さて、どうしたものかとレオルドが、返答に困っているとギルバートが口を開く。

「シェリア。レオルド様のメイドなら主を困らせるような事を言うものではない」

「でも、イザベルさんはいつもレオルド様を困らせてますよ！」

ここで思わぬ台詞《せりふ》にダメージを受けるイザベル。確かに、メイドとして一線を越えているが、それはレオルドが特殊なだけだ。普通は許されない。

「それは坊ちゃまが例外なだけだ。他の方ならば、解雇されている。だから、勘違いしてはいけないのだ、シェリア」

「……分かってる。そんなの。でも、私だってイザベルさんみたいになりたいもん」

（そうか～。俺と仲良くなりたいのかな～。なんて……。違うよな。多分、シェリアは俺と仲良くなりたいんじゃなくて、イザベルみたいなメイドになりたいんだろうな）

自身の理想像が近くにいるのだから、シェリアが我が儘《わがまま》を言ってしまうのも無理はない。それが分かっているレオルドは、どうにかしてやりたいと思うのだが、やはり、まだシェリアには早過ぎる。

「シェリア。お前の気持ちは良く分かった。だけど、今は分かってくれ。お前はまだ子供なんだ。だから、祖父であるギルバートの手が届く場所にいて欲しい」

「うぅ……」

我が儘を言っている自覚があるシェリアは、レオルドの言葉に何も言えない。正しいのは向こうで、間違っているのは自分なのだ。だから、シェリアはただ俯《うつむ》く事しか出来ない。

「シェリア。屋敷に私がいない間、貴女《あなた》だけが頼りなんです」

「へ……？」

俯いているシェリアに、イザベルが視線を合わせるようにしゃがんで、優しく語りかけた。

「いいですか、シェリア。私がいない間は、貴女しか屋敷の使用人を纏める人がいません。ギルバート殿でもレオルド様でもない。貴女にしか出来ない事なんです。だから、屋敷の事は、貴女に任せましたよ、シェリア」

他でもない憧れの女性であるイザベルに言われれば、シェリアも頷く他ない。むしろ、イザベルに頼られてるとあれば、シェリアに断る理由などありはしない。

「イザベルさんが私に……！　私だけが頼り！」

かつてない高揚感にシェリアは、目を輝かせた。

「うん！　私に任せて！　イザベルさんがいない間は、私が頑張るから！」

「ふふ、ありがとうございます。頼みましたよ。シェリア」

可愛《かわい》らしく握り拳を作り、ふんすッと鼻を鳴らして、やる気に満ち溢《あふ》れているシェリア。それを見たイザベルは微笑《ほほえ》みを浮かべる。純真で可愛らしいシェリアに、イザベルはいつまでもそのままでいて欲しいと願うのだった。

「上手く誘導したものだな」

二人の会話を聞いていたレオルドは、イザベルの巧みな話術を称賛する。

「子供の相手は慣れていますので」

「そうか。まあ、おかげで助かった」

イザベルのおかげで、シェリアを説得する手間が省けたので、レオルドは素直にお礼を言った。

「いえ、これしきの事、どうという事はありません。それよりも、騎士団への派遣メンバーの選別は私に一任して頂いてもよろしいでしょうか？」

「分かった。お前に任せよう」

「ありがとうございます。レオルド様」

イザベルは、レオルドに頼んで騎士団への派遣メンバーを、自身で選別する事にした。レオルドも、自分よりイザベルの方が、屋敷に勤めている使用人に詳しいだろうと任せるのであった。

それから、バルバロトに別れを告げて、レオルド達は、屋敷へ帰る事にした。その帰り道、ギルバートがイザベルに近寄り、小さな声で語りかける。

「イザベル殿。先程は、ありがとうございます。私では、叱る事しか出来ませんでしたので」

「あれくらいなら、ギルバート殿でも出来ますよ。叱って否定するのではなく、別の目標を教えて、優しく誘導すればいいだけですから」

「参考になります」

ペコッと小さく頭を下げて、ギルバートはイザベルから離れる。ちなみにシェリアはというと、レオルドの横で休憩時間に食べる用のお菓子を催促していた。

「レオルド様、レオルド様！　あちらのお菓子はどうでしょうか？」

「ああ、好きに買ってきていいぞ」

「やった！　じゃあ、レオルド様。一緒に買いに行きましょう！」

グイグイとレオルドの袖を引っ張るシェリアに、困ったように笑うレオルド。

「そう引っ張らなくても、お菓子は逃げんぞ」

「でも、誰かに買われたら、無くなっちゃいますよ！」

言われてみれば、その通りだとレオルドは納得してしまう。そのまま、シェリアに引っ張られてレオルドは店へと入る。

そんな微笑ましい二人を、見守っていたイザベルとギルバートはクスリと笑うと、お互いの顔を見た。

「我々も行きましょうか」

「ふふ、そうですね」

二人の後を追いかけて、イザベルとギルバートは店へ向かった。それから、シェリアが満足そうにお菓子の入った袋を抱きしめながら店から出てくる。そうして、四人は屋敷へと戻ったのだった。

「レオルド様。こちらの書類に判をお願いします」

「ああ、分かった」

「レオルド様。こちらが今月分の税収になります。確認の方、お願いします」

「うむ」

「レオルド様。住民から魔物駆除の依頼が届いております。急ぎの案件を纏《まと》めましたので、ご確認願います」

「ご苦労」

「レオルド様。紅茶です。どうぞ」

「ん、ありがとう」

新たな文官達《たち》から書類を受け取りつつ、シェリアが淹《い》れてくれた紅茶を口にするレオルドは、新たに雇った文官達を見て満足そうに頷いた。

そう、数日ほど前にレオルドは騎士団の雑用係となっていた五人に試験を行い、三人を採用した。能力は高くはないが、やる気はあるし、何よりもレオルドに忠実であった。

不採用になった二人は落ち込んでいたが、レオルドにはどうする事も出来なかった。剣の才能も無ければ文官としての才能も無かったのだから、二人の落ち込み具合は相当なものだった。

レオルドは何とかしてやりたかったが、ゲームの時のように数値《パラメータ》が見える訳では無い。だから、不採用の二人が何が得意か不得意かも分からない。故にレオルドは結局、不採用にした二人を救う事は出来なかった。

慰めようとしたが、二人から向けられる視線にレオルドは耐え切れなかった。不採用になった二人も、自分達が悪いと自覚しながらも、僅かにでも希望を見せてくれたレオルドが憎らしかったのだ。

どうせ落ちるなら、最初から希望を持たせて欲しくなかったと、二人の感情がレオルドを拒んだ。

最後に向けられた目をレオルドは忘れる事が出来なかった。

しかし、レオルドは不採用になった二人を雑用係ではなく、イザベルが育成した使用人と同じ扱いにして、給金を騎士団にいた頃より上げたのであった。

現在、騎士団では元々の雑用係の二人とイザベルが育成した使用人を合わせて二十人が雑用をこなしていた。そんなに必要なのかと思われたが、交替制にしており何人かは休日を得る事が出来ており、思っている以上に改善されている。

レオルドが持つ真人《まこと》の記憶から抽出した成果だ。人は毎日働く事など出来はしない。いや、出来たとしても効率は落ちていくだけで、最終的には損する。

だから、休息を挟んで肉体的な疲労を癒す必要があるのだ。運命48《ディスティニー・フォーティーエイト》は無駄に中世ヨーロッパ風なので、毎日働くのが当たり前になっている。日本人が作った中途半端な中世ヨーロッパ風なくせに、変な所は史実を再現してるのだから困りものだ。

だからこそ、レオルドの改善策は劇的なものであった。一週間のうち三日も休みを作ったのだ。そんなに休んだら、仕事にならないだろうと思われたが、意外にも上手《うま》くいった。

といっても、最大の理由はイザベルの指導のおかげであった。イザベルがいなければ破綻していたと言ってもいいくらいだ。

イザベルは、たった四日で最高のパフォーマンスを維持して、仕事を終わらせる技術を新人達に叩《たた》き込んだのだ。適度に肩の力を抜く時と、ここぞと言う時には本気を出して働く事を覚えさせた手腕は凄《すさ》まじいものだ。

そして、もう一つ意外な出来事もあった。それは、騎士団に雑用の為《ため》に派遣していた使用人と騎士が婚約を結んだのだ。

それを聞いたレオルドは、最初こそ驚いたが、よくよく考えてみれば、騎士団は基本男所帯だ。仕事は治安維持、魔物駆除と言ったもので出会いの場などない。

そこに、使用人である女性が騎士団に出入りするようになったのだ。飢えた狼《おおかみ》の群れに羊を投げ込むようなものだ。そのせいで、仕事中の使用人を、口説いたりする様子が見られたそうだ。

基本的に貴族は貴族と結婚する。だが、家督を継がない三男や四男は家を出る事が多い。だから、平民と結婚する事もある。

これが本物の中世ヨーロッパなら有り得ないのだろうが、細かい事は気にしなくていい。

こういう所は、中途半端に真人の記憶が邪魔をする。真人の記憶では中世ヨーロッパがどのようなものかを中途半端に記憶しているからだ。

逆にレオルドの記憶だとこういうものなんだと認識している。そのおかげで偶《たま》に混乱してしまう事がある。レオルドに真人の記憶が宿り新たな人格になったはいいが、こういう時に二つの記憶があると不便である。

「ふむ。キリがいいから今日はこの辺でお終《しま》いにしよう」

「分かりました！」

元気な返事を耳にしながらレオルドは机の上を片付ける。他の三人も机の上を整理して午前の作業を終えた。

レオルドは執務室を出て食堂に向かい昼食を取る。食事を済ませたレオルドは午後の日課になっている鍛錬《ダイエット》へと取り組む。

ちなみに文官の三人も書類仕事ばかりでは、身体《からだ》がなまってはいけないだろうと参加しているが、レオルドと比べたら可愛いものだ。レオルドがギルバート、バルバロトにしばかれてる横で軽く運動をしているだけなのだから。

勿論《もちろん》、強制している訳ではない。三人がレオルドを見習って自主的にやっているだけだ。

ただ、レオルドがギルバートとバルバロトから罵詈雑言《ばりぞうごん》を浴びながら鍛錬に励んでいる姿に、三人はちょっとした恐怖を感じていた。

レオルドは、仕事も落ち着きを見せ、時間に余裕が出来たので、とある計画を実行に移そうと考えた。余計な事を考えていた時、いつものように宙を舞った。

頭から地面に落ちて意識を失う寸前、レオルドは運命48にあったイベントを自分の手で起こすのだと決めて意識を手放した。

さて、目を覚ましたレオルドは温めておいた計画を実行に移そうとしていた。マル秘ノートに書かれているのは、レオルドが持つ真人の記憶から引き出した運命48の攻略知識。

そして、それは、レオルドが死なない為にも必要な知識でもある。とは言っても、レオルドは原作では確実に死ぬ運命《さだめ》だ。死因は色々あるのだが、主人公《ジークフリート》がどのヒロインを選んでも死ぬ事になっている。あまりにも理不尽。

そういう訳なので、レオルドは真人の記憶から引き出した運命48の知識を使い、対策を練っているのだ。

そして、今まではレオルドの都合上出来なかったが、ゼアトの全権を握り、尚且《なおか》つ文官を雇った今だからこそ始動する事が出来る。

「ふっふっふ……」

不敵に笑うレオルドはノートを見詰めて妄想する。この計画が実を結べば、レオルドは死亡フラグを回避する事が出来るかもしれないからだ。

「よし……！　ゼアトの近くにある古代遺跡を調査して、最奥に隠された転移魔法陣を復活させる！」

運命48には、長い歴史の中に消え去った文明がいくつか存在している。その中には、現代の魔法よりも高度なものが存在する。その一つが、レオルドの述べた転移魔法である。

遠くの場所へと、一瞬で移動する魔法だ。昔は存在していたが、現代には使い手がいない。所謂《いわゆる》、空間魔法は伝説のものとなっている。

そして、レオルドが言うように世界には古代遺跡があり、その中には古代の遺産が残っている。レオルドは真人の記憶でゼアトの近くにも古代遺跡がある事を知っており、尚且つ最奥には転移魔法陣がある事まで把握している。

これを使わない手は無い。何せ、転移魔法だ。失われた伝説の魔法で一瞬にして遠くへ逃げる事が出来る。つまり、レオルドは緊急避難用に転移魔法を活用しようとしているのだ。

ちなみにだが、古代遺跡はトレジャーハンターがいくつか暴いている。古代遺跡から持ち帰った古代の遺産は、現代からすればゴミ同然の物もあれば、再現するのが不可能な代物まである。一攫千金《いつかくせんきん》を狙ったトレジャーハンターは後を絶たない。

「さて……、問題は転移魔法陣を復活させたら、アイツが出てくる事だ。出来れば避けたい所だが、復活させた人間に興味を持つから避けられないだろうなぁ……」

レオルドが不安なのはとある人物についてだ。これから、レオルドが向かう古代遺跡にある転移魔法陣を復活させると、その人物とエンカウントする事になっている。

強制イベントの上に戦闘まで発生する。ただし、ゲームだと選択肢次第では戦闘を回避する事が出来る。

だが、この世界はゲームでは無いので選択肢など出ない。故に、レオルドの交渉力が重要となってくる。穏便に済ませられれば良いのだが、本来は転移魔法陣を復活させるのは、レオルドではなくヒロインの一人だ。

つまり、レオルドが復活させる訳ではないので、質問などされた場合はジ・エンドである。その上、レオルドはその人物について拭い切れない懸念を抱いている。

その最大の理由は、これから遭遇するであろう人物が、世界最強の一角だからだ。

運命48の世界で最強と呼べるキャラは間違いなく有料ＤＬＣで追加された邪神であるが、条件さえ整えれば単体で邪神を倒せるキャラが三名だけ存在している。

その内の一人が今回遭遇するであろう人物だ。邪神は、色々とギミックがあるラスボスだが、近接、遠距離双方共に優れている。

ただし、近接は世界で二番目であり、遠距離でも世界で二番目だ。

そして、今回遭遇するであろう人物は遠距離最強。つまり、魔法においては世界最強の人物だ。

仮に戦闘になった場合、レオルドはギルバート、バルバロト、イザベルを引き連れていたとしても五秒も持たないだろう。それ程までに強い。

しかし、それでも転移魔法陣は、レオルドにとって魅力的である。放置するのはあまりにも愚か。だから、レオルドは覚悟を決めて古代遺跡への調査を踏み切る事にした。

早速、調査隊を組む為にギルバート、バルバロト、イザベルの三人を招集する。

「よく集まってくれた……」

いかにも威厳のあるような振る舞いをするレオルドに、イザベルが面白かったので素直に思った事を口にする。

「全く似合いませんね。無駄に部屋を暗くする必要ありました？」

「お前は遊び心を知らんのかーっ！」

「生憎《あいにく》、持ち合わせておりませんので」

「ぐぬぬ……！　まあいい」

「ぐぬぬ、なんて言う人ホントにいるんですね、ぷふっ」

「消し炭にしてやろうか？」

「それで今日はどのようなご用件で？」

「お前の切り替えの早さにだけは、俺もビックリだわ。オホン、さて、今日集まってもらったのは、ゼアトの近くに古代遺跡を発見したから調査に赴くためだ。そこで、実力ともに信頼出来るお前達を調査隊に組み込む。まあ、若干一名怪しいが……」

ジト目でイザベルを見るレオルドに、イザベルはキョトンと首を傾《かし》げていた。それを見たレオルドは、ツッコミを入れようとしたが、それよりも先にギルバートが口を開いた。

「坊ちゃま。本当に古代遺跡を発見なさったので？」

「ああ。だが、まだ誰にも言っていない」

「ちょっと待って下さい。レオルド様、確か古代遺跡を発見した場合は、国へ報告するはずでは？」

「その通りだ、バルバロト。だが、実際に報告するのは調査を行った後だ」

「それでは国に虚偽の報告をするので？」

「いいや、違う。あくまで発見したという報告はする。ただ、俺達《たち》が先に調査をしただけだ」

「屁理屈《へりくつ》では？」

「確かにな。だが、古代遺跡の調査は基本的に発見した者に優先権が与えられる。だからこそ、トレジャーハンターという職業の奴《やつ》らが存在している」

「なるほど。大体は分かりましたが、調査隊は我々だけですか？」

「古代遺跡は危険なトラップが多数存在し、強力な魔物も潜んでいる。だから、少数精鋭がベストだ」

「つまり、決定事項なのですね？」

「ああ。ゼアトの領主代理として命令を下そう。ギルバート、バルバロト、イザベルの三名は俺に同行して古代遺跡の調査を行う！」

レオルドの命令の下《もと》、四人は古代遺跡の調査に向かう事になる。イザベルはシルヴィアに報告をしようとしたが、レオルドによって止められた。余計な事をされたくないレオルドは、イザベルと交渉する。

「悪いが、殿下への報告はしばらくやめてもらおうか」

「それはなぜですか？　何か疚《やま》しい事でもあるので？」

「そのような事はない。ただ、今回の件に関して、第三者を介入させたくない」

「つまり、遺跡の独占をしたい訳ですね？」

「ああ、そうだ」

「それが反逆行為にあたると知っての事ですか？」

「この程度ならば、他の貴族も同じだろう？」

「それはそうですが……。だからと言って私が見逃すとでも？」

今までのように、レオルドをからかうような雰囲気ではなく、本気でレオルドを咎《とが》める
イザベルは、いつでも戦闘が出来るように低く構えた。

「これは王国の利益にも繋《つな》がる。だから、もう少しだけ見ていろ」

「その言葉をどう信じろと言うのですか？」

「まあ、そうだな。かつての俺を知っているのなら、信じられないだろう。だから――」

これは賭けである。運命を覆し、生きるためにレオルドはイザベルに誓いの言葉を紡ぐ。

「我が命を賭けよう」

「ッ……！　どうやら、冗談ではないようですね」

有無を言わせないレオルドの迫力に、イザベルはレオルドが本気である事を理解した。

「はあ。分かりました。本来であれば、契約書にサインをさせて約束させたいところです
が、今回だけはその言葉を信じましょう」

「おお、そうか！　なら、その信頼に必ず応えられるように、精一杯頑張らせてもらお
う」

「ええ。そうして下さい、我が主」

先程と一転して、レオルドの表情が柔らかくなり、それを見たイザベルも毒気を抜かれてしまい、最後まで見届けようと決めたのであった。

第二話　失われた魔法の復活

翌日レオルドは、ゼアトの事を文官に任せてギルバート、バルバロト、イザベルの四人で古代遺跡へと調査に向かった。

険しい道のりになるかと思いきや、古代遺跡は意外な事に平原にある岩山に存在した。

魔法で入り口を隠蔽されていて、レオルド以外の三人はとても驚いていた。

レオルドは真人《まこと》の記憶で知っていたので驚きはしなかったが、ゲームと同じようなシチュエーションに感動している。

（おお～～～！　こんな風になってたんだな。運命48《ゲーム》じゃキャラのセリフでしか描写されてなかったからな。リアルで見れたのは嬉《うれ》しいものだ）

ジーンと感動して、固まっていたレオルドは、後ろで三人が見ている事を思い出して、バッと振り返る。

「さて、これより古代遺跡の調査を行う。分かっていると思うが、中には危険な罠《わな》や強力な魔物が存在している場合がある。気を引き締めて行くぞ！」

レオルドの掛け声と共に、四人は古代遺跡へと入っていく。

古代遺跡の中は石造りになっており、迷宮《ダンジョン》のような形をしている。そして、所々に罠が仕掛けられており、初見なら間違いなく苦戦するのだが、レオルドは真人の記憶で罠の配置をある程度覚えている。

　おかげで罠に引っかかる事なく順調に先へと進んでいくレオルド一行。

　しかし、レオルドの後ろを付いて行く三人は疑問を抱く。順調に進んでいるのは喜ばしい事なのだが、レオルドが罠を正確に見分けるのだ。これは、あまりにも怪しい。まるで、一度訪れた事があるかのように思える。

「レオルド様。先程から正確に罠の位置を看破していますが、一度訪れた事があるので？」

　イザベルの質問にレオルドは答えない。いや、答える事が出来ない。だって、レオルドは基本的に外出する場合はイザベル、ギルバート、シェリアを供にしており、一人で外へ出た事はない。

　そんなレオルドが何故《なぜ》、古代遺跡の在処《ありか》を知っており、さらには古代遺跡に仕掛けられていた罠の場所まで把握しているのか。その答えは真人の記憶なのだが、信じてもらえるかどうか。そもそも、絶対的なアドバンテージである真人の記憶は口にすべきではないだろう。

「俺にも秘密がある。それだけだ」

「誤魔化しましたね？　まあ、いいです。いずれ、必ず突き止めてみせますので」

「好きにしろ」

　それ以上は答える事なく先へ進んだ。イザベルも納得はしていないが、これ以上追及しても何も得られないだろうと考えるのをやめた。

その一方で、ギルバートとバルバロトはレオルドの事を怪しんだが、今更であるので何も言わない事にした。

しばらく、四人は一切の会話なく古代遺跡の奥へ足を進める。レオルドの案内により、最短で奥へ進んでいく。道中、レオルドも忘れていた罠に引っかかる事もあったが、怪我《けが》をする事なく最深部へと辿《たど》り着いた。

「ここだ……！」

「この扉の先に何かあるのですか？」

「ある。だが、扉を開けると守護者と言えばいいのかは分からないが、一体の魔物が出てくる」

「その魔物の事をご存じなので？」

「ゴーレムだ。しかも、ただのゴーレムではない。ミスリルで作られた魔法耐性のあるゴーレムだ」

「なっ!?　ミスリルゴーレムですか！　少々、厳しい戦いになりそうですね……」

「だが、勝たなくてはならん。それに、俺はここにいる四人ならミスリルゴーレムは相手では無いと思っている」

「分かりました。坊ちゃまが望むのであれば私は従いましょう」

「私もこの剣をレオルド様の為《ため》に振るいましょう」

「私は、シルヴィア様の部下ですけど、今はレオルド様に従いますよ」

「ありがとう、三人とも。では、行くぞ！」

最深部へ続く大きな扉をレオルドがこじ開ける。ゴゴゴッと音を立てて扉が開いた。開いた扉の先に、四人は足を踏み入れた。

四人の視線の先には鈍く光るミスリルゴーレムが佇《たたず》んでいた。四人がミスリルゴーレムを確認した時、ミスリルゴーレムも不届きな侵入者を確認すると、瞳の部分が怪しく光る。

「来るぞ！　散開！」

重たい身体《からだ》を持ち上げたミスリルゴーレムがレオルド達に襲い掛かる。動きこそ鈍重ではあるが、繰り出される攻撃は計り知れない程の破壊力を秘めていた。

ミスリルゴーレムが振り下ろした足は、遺跡の床を粉砕した。そして、ミスリルゴーレムはゆっくりと顔を上げて、バルバロトへ標的を定める。

「ほう……、俺か。古代のミスリルゴーレムが相手だ。出し惜しみはしない！　我が剣を受けてみよ！」

バルバロトが部屋の中を駆け抜けて、ミスリルゴーレムへ迫る。ミスリルゴーレムはバルバロトを押し潰そうと足を上げる。だが、鈍重なミスリルゴーレムでは、バルバロトの動きに追いつけない。

バルバロトはミスリルゴーレムの足を掻《か》い潜《くぐ》り、跳躍してミスリルゴーレムを斬りつける。

「はあっ！！！」

ガギンッと嫌な音が部屋に鳴り響いた。着地したバルバロトは、自慢の剣でも傷一つ与える事が出来ずに舌打ちをする。

「ちっ！　なんて硬さだ！」

悪態を吐《つ》いたバルバロトは、ミスリルゴーレムから離れる。その間にギルバートがミスリルゴーレムへと忍び寄り、渾身《こんしん》の一撃を叩《たた》き込む。

「では、私も一つ」

ズガンッと本当にミスリルを殴ったのかと、疑いたくなるような爆音が鳴り渡る。その音を聞いたイザベルは驚愕《きょうがく》に目を見開いており、レオルドは顔を引き攣《つ》らせていた。

（相変わらず、化け物じみた強さだな。さて、ミスリルゴーレムの方は……げっ！）

レオルドが目にしたのはビクともしていないミスリルゴーレムだった。確かにゲームでも耐久力は馬鹿みたいに高かったが、まさかギルバートの一撃にも耐えるとは思いもしなかった。

そして、渾身の一撃を叩き込んだギルバートも、ビクともしていないミスリルゴーレムを見て少々驚いていた。

「硬いとは思っていましたが予想以上ですな」

ゼアト一の騎士であるバルバロトの剣で傷一つ付かず、伝説の暗殺者《アサシン》であるギルバートの渾身の一撃さえも倒すに至らないミスリルゴーレムをどのようにして倒すのか、予想外の事態にレオルドは内心焦っている。

すか？）
（やばいな。想定していたよりもミスリルゴーレムが強い。一旦、出直して態勢を立て直
逃げ腰になりつつあるレオルドは、本当にミスリルゴーレムを倒す事が出来るのだろう
かと、ネガティブ思考に陥った。
しかし、逃げ腰になっていたレオルドだったが、撤退するという選択肢を捨てた。今更、
撤退して態勢を立て直したとしても勝てるかは分からない。
仮に人数を増やしても、ギルバート、バルバロト以上の実力者など近くにはいない。無
駄に犠牲者を出してしまう可能性があるので、レオルドは撤退という選択肢を捨てたのだ。
ならば、ここは覚悟を決めて前に出るしかない。
レオルドは一歩前に進んで、魔法を放つ。耐性があると言うだけで、効かないという訳
では無いのだ。だが、レオルドが放った魔法はミスリルゴーレムの前では意味をなさな
かった。お得意の水魔法も自慢の雷魔法もミスリルゴーレムの前に散っていった。
それを見て、困り果てるレオルドだったが、今こそ真人の記憶からミスリルゴーレムの
必勝法を導き出す時だと気が付く。
しかし、残念な事にゲームの時は防御無視攻撃や貫通ダメージと言ったものを使い、物
理的に倒すのがセオリーとなっている。
そして、悲しい事にここは現実であり、誰も防御無視攻撃や貫通ダメージと言ったもの
を持っていない。イザベルは分からないが、恐らく持ってはいないだろう。

王家直属の諜報員《ちょうほういん》なのだから、暗殺などの技術はあるかもしれないが、正面からの戦いには向いていなさそうだと判断するレオルド。

振り出しに戻ったレオルドは、どうにかミスリルゴーレムを倒せないかと頭を悩ませる。今はギルバートとバルバロトの二人が注意を引いてくれているからいいが、二人もいずれは限界を迎える。

それまでにミスリルゴーレムを倒す算段を考えなければならない。

レオルドが考え事に集中していると、小石が飛んできて頭に当たる。大した痛みは無かったが、レオルドは集中が切れてしまう。

「いたっ……！　小石？」

目の前に落ちた小石を拾い上げるレオルドは唐突に閃《ひらめ》く。

（そうだ……！　ここはゲームじゃない。現実なんだ。だったら、ミスリルゴーレムじゃなくて足場を崩したりすれば……！）

やっと現実に戻ってきたレオルドは、得意の土魔法を使って、ミスリルゴーレムの足場を崩す。ミスリルゴーレムも、これには対処出来ずに体勢を大きく崩した。

突然の事であったのに、ギルバートとバルバロトは示し合わせたかのように攻撃を叩き込む。

それでも、まだまだミスリルゴーレムは倒し切れない。だが、進展はあった。体勢を崩す所までいったのだ。ならば、倒す事も不可能ではない。

「関節部ならばどうですかな？」

　ズドンッとギルバートのかかと落としが、ミスリルゴーレムの肘部分に決まる。果たして結果はどうなのかとレオルドは見守るが、残念な事に破壊出来ていない。

「なら、連続で叩くだけだ！」

　ギルバートがかかと落としを決めた肘部分に、バルバロトが剣を叩き込む。これならばと思われたが、まだ破壊出来ない。

　このままでは駄目だと思われた時、今まで大した動きを見せていなかったイザベルが動いた。

「あまり、やりたくはありませんが状況が状況ですね。少々、本気を見せましょう」

　イザベルが跳躍して高く舞い上がると一気に急降下。落下地点はミスリルゴーレムの肘部分。ギルバートとバルバロトが攻撃を与えていた箇所だ。

　イザベルも実力はあるのだろうが、破壊する事は出来ないだろうと決めつけていたレオルドだったが、予想を大きく裏切られる。

　ピシッと今まで聞いた事のない音が聞こえる。レオルドが、その音の発生した箇所を確かめると、イザベルが攻撃した肘部分に亀裂が入っていた。

　今は驚いてる場合ではないと、レオルドは声を張り上げて、ギルバートとバルバロトに指示を出す。

「ギル、バルバロト！　イザベルが突破口を開いた、今こそ攻め時だ！！！」

レオルドの指示を聞いた二人は、イザベルが作ったミスリルゴーレムの肘部分にある亀裂を集中して狙う。

そうして、今まで破壊する事は不可能に思われていたミスリルゴーレムの肘が音を立てて崩れ落ちた。ついに、尋常ではない耐久力を見せていたミスリルゴーレム相手に勝機を見出《みいだ》した瞬間でもあった。

これならば行けると確信したレオルドは、イザベルに声を掛ける。

「イザベル！　もう一度頼む！」

「調査が終わった暁には、報酬に期待しますからね！」

イザベルがどのようにしてミスリルゴーレムを傷付けたかは分からないが、レオルドはイザベルを軸にして攻めれば勝てると確信する。

見事に作戦はハマり、イザベルを基点とした連携攻撃は、ミスリルゴーレムを順調に削っていく。ギルバート、バルバロト、レオルドの三人が、イザベルが作った亀裂を集中攻撃して破壊する。

単純な作業のように思えるが、これが意外とキツイ。なにせ、亀裂が入っているとはいえ、ミスリルゴーレムの耐久力は異常に高いのだ。もっとも、ギルバートだけは涼しそうな顔をしているが。レオルドはこの時ほど、イザベルの存在に感謝した事は無かった。

そして、ついにミスリルゴーレムの両手両足を完全に破壊して動けなくする。だが、これで終わりではない。ゴーレムの原動力となっている核を破壊せねばならない。

レオルドは核が胸にある事を知っており、イザベルに頼んで胸を破壊する。すると、砕けた胸から丸い核が出現する。

「これで終わりだ」

核に剣を突き刺したレオルドは、ミスリルゴーレムが完全に停止するのを確認した。苦労したが、これで終わりである。

後は、この部屋の先に進んで転移魔法陣を復活させればレオルドの計画は実を結ぶ。しかし、同時に世界最強の魔法使いとのフラグが建ってしまう。これぱっかりはどうする事も出来ない。ただ、ここは現実なので、もしかしたら運命48《ゲーム》とは違う未来になる可能性はある。その可能性を信じる事しかレオルドには出来なかった。

「さあ、この先が最深部だ。行くぞ」

一抹の不安を抱えながらもレオルドは、三人を引き連れて最深部へ向かう。

最奥の部屋へ入ると、四人の目に飛び込んできたのは、広大な部屋に大量の書物が保管されている本棚。そして、その部屋の中心に描かれている巨大な魔法陣。

レオルドは、驚きのあまり固まっている三人を置いて、一人先走り魔法陣へと駆け寄る。四《よ》つん這《ば》いになってレオルドは魔法陣を確かめる。

真人《まこと》の記憶にあるゲームと同じならば、床に描かれている魔法陣はレオルドが望んでいる転移魔法陣だからだ。

そして、魔法陣の全容を確かめ終わるとレオルドは顔を上げる。真人の記憶にあった転移魔法陣だと確信したレオルドは嬉《うれ》しさのあまり小さくガッツポーズする。

(よし！　ビンゴ！　記憶にある魔法陣の模様《デザイン》と一致する)

レオルドが、一人喜びにガッツポーズをしている所へ三人が近付く。足音に気が付いたレオルドは振り返って三人の顔を見る。

「ありがとう。お前達《たち》がいたから、俺はここまで来れた。本当に感謝しかない」

「それはいいのですが、ここは一体……？」

「そうだな。分からなくても仕方がない。ここは失われた古代文明の名残だ。そして、俺達の足元に描かれている魔法陣は、伝説の転移魔法を発動させるものだ」

「なっ!?」

「そ、それは本当なのですか!?」

ギルバートとバルバロトが驚きの声を上げて、レオルドを見る。

「驚くのも無理はないだろう。だが、正真正銘本物の転移魔法陣だ。ただ、所々魔法陣が壊れている箇所がある。それさえ修復出来れば、発動は可能だろう」

「お待ち下さい。レオルド様、貴方《あなた》は一体どこまでご存じなのですか？」

イザベルは、どうしてここまでレオルドが詳しいのか気になって仕方がなかった。それもそのはずだ。何せ、レオルドが説明した転移魔法は失われた古代文明であり、伝説の存在だ。

名前は知っていてもおかしくは無いが、見た事もない魔法陣をどうして転移魔法だと断定する事が出来ようか。少なくとも考古学者くらいの知識はないと判別は出来ないだろう。

しかし、どう考えてもレオルドに考古学者と同程度の知識があるようには思えない。だが、レオルドは公爵家の人間だ。もしかしたら、転移魔法陣に関する資料も入手している可能性もある。

「かつて、読んだ本に描かれていたからな」

「それは、真《まこと》でしょうか？」

「ああ。公爵家が保管している本にあったものだ」

真っ赤な嘘《うそ》である。そのようなものはない。が、レオルドも自身の実家である公爵家の保管している蔵書の事を詳しくは知らないので、もしかしたらあるかもしれない。

流石《さすが》にイザベルも疑いはしたが、ここでは真偽を測る事も出来ないと、目を瞑《つぶ》る事にした。

「分かりました。今はそういう事にしておきます」

「うむ」

レオルドは焦った。調べられて、嘘だと判明した場合、言い逃れ出来ないからだ。

普通に考えてみればレオルド以外の三人は、転移魔法など聞いた事はあっても見た事は無いだろう。そもそも、失われた魔法の一つなのだから見た事がなくて当たり前だ。

なのに、レオルドは見た事もないはずの転移魔法陣を知っていた。これは問い質《ただ》されてもおかしくはない。

しかし、いくら質問されようともレオルドは答える事が出来ない。真人の記憶にあるゲームの知識だと言っても信じられないだろう。

（暴露なんて出来ない！　でも、嘘だってバレたら、ぜったい問い詰められる！　どうにかして、誤魔化す方法を考えておかないと！）

自分で自分の首を絞めている事に焦るレオルドは、どうにか誤魔化す方法はないかと思案する。

しかし、思いつかない。このままでは、全てが嘘だと発覚するのも時間の問題だ。それだけは、避けなければならない。そこでレオルドは覚悟を決める。嘘を真実に変えればいいのだと。嘘を嘘のままではなく、真実に変えてしまえば何も問題はない。万事解決だ。

その為《ため》に、レオルドは転移魔法を復活させた暁には、実家の書庫に転移魔法が載った文献を見つけ出して、仕込んでおく事を決めるのだった。

それにしても、こういう時に疑《うたぐ》り深い人間は厄介であると、レオルドは再度認識を改めた。有無を言わせない実績を積み上げ、信頼を取り戻せば、ある程度は黙認される。なんとか、そこまでの関係を築こうとレオルドは胸に刻んだ。

それから、早速レオルドは転移魔法陣の修正に取り掛かろうとしたが、ここで大きな問題にぶつかる。

それは、どこをどう直せばいいか分からないという致命的な問題であった。

元々、この転移魔法陣は主人公《ジークフリート》とヒロイン達が見つける事になっている。そのヒロイン達が重要で、ヒロインの中には考古学者やトレジャーハンターもいたりとバラエティ豊かだ。

ゲームでは魔法陣が壊れている事に気が付いた魔法使い《ヒロイン》が持っている知識を総動員して、考古学者《ヒロイン》と協力して修復した。

だが、どこをどのように修復したかは明確に描写はされていない。基本的には「ここを」「こうして」「あそこを」「そうして」と曖昧な説明文になっていた。

ゲームならば、それで良かっただろうが、ここは現実である。ましてや、レオルドは直る事を知っていても直す方法は知らない。ここに来て、己の浅はかさに頭を痛めるのであった。

（くそッ！　ここまで来て何の収穫も無いとかたまったものじゃない！）

なんとかしなければとレオルドは頭を悩ませる。苛立《いらだ》ちから足踏みを何度もするレオルドに、三人は首を傾《かし》げる。

先程までは自信に満ち溢《あふ》れていたのに、急に苛立ちはじめて足踏みをしているのだから、三人が戸惑ってしまうのは無理もない。

「どうかなされましたか、坊ちゃま？」

「少し考え事をしているんだ……」

「レオルド様。何か手伝える事はありますか？」

「……ギル、バルバロト、イザベル。本棚にある本を片っ端から調べてくれ。魔法陣を直す方法を知りたい」

　三人は返事をすると、すぐさま本棚に近寄り本を手に取っていく。ここにある本の中に魔法陣を直す手掛かりがあるかもしれないと、レオルドも本を手に取って調べていく。

　だが、ここでも更なる問題が起きてしまう。

「坊ちゃま……」

「レオルド様……」

「……読めん」

　なんとレオルド達が手にした本は古代文明のものであり、古代語で書き記されていたのだ。考古学者ならば、古代語を読む事は出来ただろうがレオルドは古代語など読めない。つまり、完全に詰みである。レオルドはここで思い知る。恐らくゲームでは、考古学者《ヒロイン》がここにある本から魔法陣についての資料を読み取ったから直せたのだろう、と。

　結局、何の収穫もなく帰る事になってしまうレオルドはガックリと肩を落とした。だが、すぐに顔を上げた。

　確かに、何の収穫も得る事は出来なかったが、古代遺跡の発見並びに転移魔法陣の発見。さらには、古代文明の事が記されているであろう貴重な書物。そして、ミスリルゴーレムの残骸。

　これだけ見ればかなりの収穫と言えるだろう。この事を国に報告すれば、間違いなくレオルドは賞賛されるに違いない。

ただやはり、レオルドは転移魔法陣を直して自分で使えるようにしたかった。私物化は出来ないが、転移魔法を習得出来たかもしれないからだ。

ゲームでは習得出来ないが、ここは現実である為、十分可能性はあった。しかし、残念ながら魔法陣を修復出来ないのであれば諦める他ない。

非常に残念ながらレオルドは古代遺跡を後にしようとした。しかし、その時、イザベルが項垂《うなだ》れていたレオルドに声を掛ける。

「レオルド様。こちらの本に床に描かれている魔法陣らしき絵を見つけました」

「なにっ!?」

慌ててイザベルに、駆け寄るレオルドは彼女が手にしている本の内容を確かめる。すると、そこには確かに床に描かれている魔法陣と同じ魔法陣が描き記されていた。

レオルドは喜んだ。ここに描き記されている通りに魔法陣を描き直せば、発動する事は出来ると。

善は急げと、レオルドは壊れている魔法陣を修復していく。魔力を指先に集めて、模様を描き直して魔法陣を完成させる。

これで、やっと先へ進めるとレオルドは垂れ流していた汗を拭き取る。汗を拭き取ってから、自分がとてつもなく集中していた事に気が付いた。

その事に少し笑みが零《こぼ》れる。しかし、今は転移魔法を試す事が最優先である。

「これから転移魔法陣が本当に動くのか確かめる」

「坊ちゃま、自らですか!?　危険です。お止《や》め下さい！」

「止めるな、ギル。この転移魔法陣は大量の魔力を消費する上に魔力を注いだ人間しか転移出来ないのだ」

「それは坊ちゃまの魔力量ならば可能だと？」

「ああ。だから、俺が適任なんだ」

「理由は分かりました。ですが、ここは一度お戻りになられても良いはずです」

「すまない、ギル。俺が死んだ時は父上と母上には俺が馬鹿だったと報告してくれ」

レオルドは、恐らく止められるであろうという事を予想していた。故に、気付かれない内に魔力を注いで魔法陣を起動させていたのだ。

転移魔法陣はレオルドが説明したように魔力を大量に消費する事は無い。ただし、ある程度は消費するが負担はそれほど大きくない。

そして、魔力を注いだ本人しか転移出来ないというのも真っ赤な嘘だ。魔法陣に乗っている者なら全員の転移が可能である。そして、今はレオルドしか乗っていない。

何故《なぜ》、レオルドが嘘を吐《つ》いたのか。それはレオルドが直した魔法陣が、きちんと動くか心配だったからだ。

本に記されてる通りに描いただけだから、間違っているかもしれない。もしも、間違えていたらどのような事が起こるか分からないレオルドは三人を巻き込みたくはなかった。

だから、レオルドは自分一人だけで転移を試みた。死の運命を変えようとしているのに、他人の心配をするとは、なんとも皮肉なものだとレオルドは小さく笑う。

その時、光り輝き出した転移魔法陣は、一際大きく光を放つ。あまりの光に三人は目を開けてられずに目を閉じてしまう。そして、目を開けた時、レオルドの姿は無かった。

「坊ちゃま……ッ！」

「レオルド様……」

「これは、成功したのでしょうか？」

「分かりません。ですが、この場に坊ちゃまの気配は感じられません。成功した、と言えなくはないですが……」

心配する三人は、どうする事も出来ず、ただレオルドが戻ってくるのを信じて待つだけだった。

第三話 ✦ 新たな誓い

眩《まばゆ》い光を放った魔法陣にレオルドも目を瞑っていた。光が収まった事を確認したレオルドは、ゆっくりと瞼《まぶた》を開く。すると、そこには三人の姿はなく、先程までいた部屋ではなくなっていた。

どうやら、無事に成功したらしい。レオルドはホッと胸をなで下ろす。だが、まだ終わりではない。恐らく、真人《まこと》の記憶にあるゲームと同じならば、この場所は王都の近くにある古代遺跡の内部である。

王都の近くにある古代遺跡は、既にトレジャーハンターによって内部を暴かれ、国が調査を行っており、ただの文化遺産と化していた。

しかし、実はレオルドが見つけた古代遺跡と転移魔法陣で繋《つな》がっていたのだ。それも、トレジャーハンターや国の調査隊も見つける事が出来なかった場所に。

レオルドは魔法陣から降りて、古代遺跡から出ようとする。その時、一つの考えが思い浮かぶ。

このまま自分は逃げ出すべきなのでは、と。

良からぬ事を考えてしまったが、今までの事を考えると悪い事でもないように思える。真人の記憶が宿り、新たな人格が形成されたレオルドからすれば、過去の自分が犯した悪行で苦しめられているのだ。

多くの者は蔑み、近しい存在の家族である弟妹《きょうだい》から憎悪の目を向けられ、心無い言葉を嫌という程浴びてきた。

今でこそ、信頼を取り戻しつつあるが、それでも、まだまだレオルドの事を馬鹿にして蔑む者は多い。事実、モンスターパニックを終息に導いた立役者の一人でもあるにも拘《かかわ》らず、レオルドは王都でも辛《つら》い目にあった。

そして、何よりもこのまま国に残っていたらレオルドは死んでしまうのだ。まだ、確定した訳ではないが生き残るのなら、この国ではなくどこか遠くでも問題ないはずだ。

それこそ、レオルドの事を全く知らない土地にまで逃げてしまえば、もう苦しむ事も悲しむ事も無くなるだろう。何もかも捨ててしまえばいい。公爵家という立場も、レオルド・ハーヴェストという名前も。

そう考えれば、逃げる事はデメリット以上にメリットが多い。

レオルドは立ち止まり、魔法陣を見詰める。ここの魔法陣を破壊して転移魔法陣を使えなくして、どこかへと逃げてしまえば楽になれると、心のどこかで叫んでいた。

そうだ。何も真人の記憶を利用して運命に抗《あらが》う必要も無い。生き残る事が目的であるなら、死ぬ確率の高い土地から逃げて逃げて、どこか遠くで寿命が来るまでひっそりと暮らしていた方がいい。レオルドが持つ力に真人の記憶にある知識を使えば、誰も見知らぬ土地で生きていくのは造作もない事だ。

考えれば考えるほど、魅力的な事ばかりが思い浮かぶ。このまま逃げ出してしまえと、弱い自分は叫ぶ。レオルドは魔法陣へと近寄り、破壊しようと手を伸ばす。

その時、レオルドは手を止めた。

――逃げるな、抗え！

と、誰かが叫んだ気がした。

――もう、楽になってしまえ。

弱い自分が嘆く。

――悔しくないのか？

――馬鹿にされたままでいいのか？

誰かが咆哮《ほうこう》を上げている。

――苦しいのも悲しいのも痛いのも嫌だ。

挫《くじ》けた自分が哀《かな》しむ。

――お前はただ生きられればいいのか？

誰かが問い掛けてくる。

――死にたくない。

臆病な自分の願いだ。

――後悔はないのか？

誰かが憐《あわ》れむ。

ギリッとレオルドは奥歯を噛み締めて、拳を握り締める。破壊しようとしていた魔法陣からゆっくりと手を離して、彼は床を殴り付けた。

「馬鹿か俺は……！　ああ、そうだ……。俺は誓ったんだ。運命に抗い、生き残ると。そして、道を踏み外した俺に変わらぬ愛を注いでくれる母に誇れる息子になると！　そして、今、決めた……！　俺を馬鹿にした奴等《やつら》を……、俺を見下した奴等を……、必ず見返してやる！！！　待ってろよ……！　運命だけじゃない。俺に関わった全てに俺は打ち勝ってみせる！！！」

迷いはない。心は晴れた。ならばこそ、見せ付けてやろう。レオルド・ハーヴェストという漢《おとこ》の生き様を。そして、刻んでやろう。必ずや、この世界に。

子供じみた考えだ。だが、レオルドはそれで構わないと思った。それもまた自分なのだと。

レオルドは胸を張って堂々と歩き、閉じられていた部屋の扉を開く。光が差し込み、目を覆いたくなるが、レオルドはこれから自分が進むべき道のように思えて足を一歩踏み出した。

古代遺跡の外へと出たレオルドは真人の記憶通りだと言う事を確認して、転移魔法陣がある古代遺跡の中へと戻る。

そして、もう一度起動させる。帰ったら、忙しくなるだろう。だが、それがどうしたと言うのだ。運命に、世界に見せ付けるのだ。

レオルド・ハーヴェストの生き様を。ならば、忙しいからと嘆いてる暇はない。帰ったら、早々に古代遺跡の調査について書類を纏《まと》めて国へ報告するべきだろう。

レオルドは不敵に笑いながら、魔法陣を起動させて三人の元へと帰還した。無事にレオルドが戻ってきた事に、ギルバートとバルバロトは喜び、イザベルは観察対象であるレオルドが戻ってきた事に安堵《あんど》した。

その後、四人は古代遺跡を後にする。ゼアトへと戻ったレオルドは古代遺跡についての書類を纏め、国へと提出した。


それから、数日後、レオルドの元に国王からの使者が現れて、レオルドは再び王都へ招かれる。

再び、王都へ向かう事になったレオルドは使者を引き連れて転移魔法陣がある古代遺跡へと向かう。

「あの、レオルド様。馬車をお使いにならないので？」

「ええ。貴方《あなた》も知っての通り転移魔法陣があるのです。しかも、王都へ一瞬で着くのですよ。使わない手はありません」

「し、しかし、危険では？」

「はは、ご安心を。既に私が一度転移魔法を体験しておりますゆえ。貴方はどんと構えていて下さい」

使者もレオルドにそれ以上何を言っても無駄だと分かり、大人しく付いていく。古代遺跡にはレオルドを始め、ギルバート、シェリア、イザベル、バルバロト、そして王都からやってきた使者の一団に加えて数名の騎士。

古代遺跡まで馬車で向かい、馬車は騎士達《たち》がゼアトへ返す手筈《てはず》になっている。

古代遺跡へと辿《たど》り着いたレオルド達は、臆する事なく古代遺跡の中へと足を進める。後ろに続くギルバート、バルバロト、イザベルの三人も動じる事なくレオルドに付いていっているが、シェリアと使者の一団は完全に怯《おび》えていた。

当たり前だろう。古代遺跡は恐ろしい罠《わな》が仕掛けられており、強力な魔物が現れると知っているのだ。しかも、レオルド達が調査をしたという事は聞いているが、安全と決まった訳ではない。

だと言うのに、どんどん先へ進んでいく四人に驚きを隠せない。命知らずの馬鹿なのか、それとも全ての罠を熟知している賢者なのか。シェリアと使者の一団は判断に困ったが、立ち止まって置いて行かれるよりはマシだとレオルド達から離れないよう必死に付いていく。

そして、遂《つい》に転移魔法陣がある最深部へ辿り着いた。道中、報告にあったミスリルゴーレムの残骸が無造作に転がっており、レオルドの報告に虚偽はないという事を嫌という程思い知らされた使者は頬が引き攣《つ》っていた。

だが、それでもまだ完全には信じる事は出来ない。なにせ、これから自分達は失われた伝説の魔法、転移魔法を経験するかもしれない。

確かに、報告にあった古代遺跡にミスリルゴーレムは信じよう。しかし、やはり転移魔法だけはにわかには信じ難い。

「これが転移魔法陣なのですか？」

「ええ、そうです。これこそが失われた伝説の魔法、転移魔法の魔法陣です。さあ、信じられないでしょうけど、魔法陣にお乗り下さい」

「は、はあ」

どれだけレオルドが自信満々に転移魔法陣だと断言しても、疑わずにはいられない使者は恐る恐る魔法陣の上へと足を踏み入れる。

全員が転移魔法陣の上に乗ったのを確認したレオルドは、最後にもう一度確認する。

「では、皆さん。魔法陣に乗りましたか？　言っておきますけど、魔法陣の外に手や足などが出ていたら、どうなるか知りませんよ」

恐ろしい事を言うレオルドに、怯えて震えるシェリアはギルバートにしがみつき、使者の一団はお互いの身体《からだ》が密着するくらいに密集して、魔法陣の中に収まる。

レオルドは、全員が乗った事を確認し終わり、魔力を注ぎ込む。すると、魔法陣から光が溢《あふ》れて、眩い光と共にレオルド達は転移する。

「こ……、ここは……？」

眩い光によって閉じていた目を開けた使者は、先程とは違う部屋の模様に驚いていた。

だが、まだ信じない。先程の光は目くらましで、部屋の模様を変えただけかもしれないと疑っていた。

そうとは知らずにレオルドは、魔法陣から降りて、部屋の扉を開く。光が差し込み、先程の古代遺跡とは違う様子にレオルド以外が目を見開き驚いた。

「そんな馬鹿なッ……！　こんな事があり得るなんて……！」

「驚きましたか？　ここは先程の古代遺跡ではなく、王都の近くにある古代遺跡なのです。貴方はここに来た事は？」

「あります……！　私が、今回使者に選ばれたのもかつて古代遺跡の調査に加わっていたからなのです。だから、私は断言しましょう。ここは間違いなく王都の近くにある古代遺跡だと……！」

「では、信じて頂けますね？」

「信じるも何も……、このような光景を見せられれば誰もが口を閉じるでしょう。レオルド様、失礼ながら貴方を疑っておりました。お許し下さい」

「構いませんよ。失われた伝説の転移魔法があると言っても、大半の人間は信じないでしょうから。貴方の反応は当然のものです。ですから、私は貴方を一切責める事はしません」

「寛大な御心《おこころ》に感謝を」

それから、レオルド達は古代遺跡を出て、王都を見詰める。レオルド以外は王都と古代遺跡を交互に見ており、未《いま》だに転移魔法で移動してきた事が信じられない様子だった。

その様子を見たレオルドは可笑《おか》しくて涙が出そうになるが、これから王都へと向かい国王陛下と対面しなければならないと緩んでいる顔を引き締める。

本当ならば、レオルドが王都に着くのは数日も先のはずだ。きっと、驚く事間違いなしである。どのような反応を見せてくれるのか今から楽しみである。

ただ、また第四王女《シルヴィア》に会うのだけは気が滅入《めい》るレオルドだった。

しかし、先日誓ったばかりである。運命に抗い、世界を見返してやると。であるなら、第四王女であるシルヴィアに右往左往させられる訳にはいかない。

立場上、逆らう事は出来ないだろうが、決して良いようにされてなるものかとレオルドは心を燃やしていた。

でも、やはり相手は第四王女《シルヴィア》なのでストレスによる胃腸の心配をしたレオルドは、腕のいい医者でも今度見つけようと、秘《ひそ》かに思うのであった。

久し振りというほどではないが、レオルドは再び王都へやってきた。相変わらず、ゼアトとは比べ物にならないくらい活気付いている都市だ。そもそも人口が違うのだから当たり前だが。

さて、レオルドは呑気《のんき》に王都を観光しに来た訳ではないので、真《ま》っ直《す》ぐに王城へと向かう。

王城へ辿り着くと、門番が驚いてしまった。どうやら、送り出した使者の一団が帰ってくる予定を大幅に短縮していた事に、驚きを隠せなかったのだろう。

色々と説明を求められたが、使者は件《くだん》のレオルドを連れて来たので、早急に中へ案内するように命じた。門番も使者には逆らえないので、渋い顔をしながらもレオルド達を中へと通した。

中へ通されたレオルド達は、やはり驚かれた。使者が一緒にいる事から、ゼアトから共に来た事は分かるが、予想していたよりも早かったからだ。

レオルドが気を利かせて王都へ向かっていたのではと考える者もいた。残念ながら、その予想は外れである。まあ、正解である転移魔法の行使という答えは誰も出せそうにないが。

大体、失われた伝説の魔法である転移魔法を使ったと言って誰が信じるだろうか。恐らくはいないだろう。

レオルドはそういう事は想定済みなので、質問されても適当にはぐらかしている。答えるべき相手はただ一人、国王だけだ。

それにレオルドは、腐っても公爵家の人間だ。自分よりも低い爵位の人間の質問など適当にはぐらかしても問題はない。後で、適当にはぐらかした事を問い詰められる事もないだろう。

　既にレオルドと使者が戻ってきた事は伝わっているようで、そのままの足で彼は国王に謁見する事になった。

「レオルド・ハーヴェスト。王命に従い、参上致しました」

「うむ。遠路遥々《はるばる》ご苦労と言いたい所だが、早すぎはせんか？」

　レオルドが来る事は承知していた国王だが、流石《さすが》に早すぎると怪訝《けげん》そうに眉を寄せる。

「その点につきましては、既にご報告済みかと」

「例の古代遺跡で発見したという転移魔法か？」

「はい。その通りにございます」

「にわかには信じ難い。私が呼ぶ事を想定して先回りしていたのではないか？」

「仰《おつしや》る事は理解出来ます。しかし、断言しましょう。私は失われた伝説の魔法、転移魔法を使ったと」

　堂々と言い切ったレオルドを見て、周囲に控えている全ての人間が動揺する。

　国王の言う通り、レオルドが呼び出される事を想定して先回りしたという方が信憑性《しんぴようせい》がある。だが、レオルドははっきりと言ったのだ。

　失われた伝説の魔法、転移魔法を使ったと。国王の前でだ。

「もし、嘘《うそ》ならばどうなるかは理解しているのか？」

「ええ、勿論《もちろん》にございます」

玉座の間に、さらなる動揺が走る。もしも、嘘だと発覚した場合は死刑は免れない。国の最高権力者である国王への虚偽は国家への敵対行為と見なされ国家反逆罪で一族、並びに親族までもが処罰される。

「ふっ……。ならば、当然証明出来るのだろうな？　レオルド・ハーヴェストよ」

「はい」

そう言って、レオルドは使者の方へ目を向ける。使者はレオルドの意思を酌み取り、国王へ発言をする。

「陛下。恐れながら発言の方、よろしいでしょうか？」

「うむ、許可しよう」

「ありがとうございます。それでは、陛下。此度《こたび》の転移魔法に関して、私はレオルド・ハーヴェストが真実を述べている事を断言します」

「ほう……？　確かに、お前にはレオルドを王都へ連れてくるように命令を出していた。お前がそう言うのならば、本当なのだろう。しかし、お前達が口裏を合わせているとは考えられないか？」

「確かにそう思われる事でしょうが、断じてそのような事はありません。もしも、嘘だというのなら、私もこの命、お賭けしましょう」

「そこまで言うか……」

国王は玉座に座ったまま、眉間に深い皺《しわ》を寄せて、しばらく考え込む。

「よし、分かった。お前達を信じてみよう。だが、まずは、この目で転移魔法を見てみたい。レオルドよ、構わんな？」

「はい！　ただし、移動する必要がありますので、証明する為《ため》にも誰か協力してもらいたいのですが」

「構わん。どこへ行けばいい？」

「まさか自らで試すおつもりで？」

「うむ。かの伝説の転移魔法を一度は体験したいと誰もが思うだろう。無論、私もだ」

「しかし、陛下の身に何かあれば――」

「やはり、嘘だと申すか？」

「いえ、そういう訳ではございません。ただ、陛下は唯一無二の御方《おかた》。この国に必要不可欠な存在です。ならば、別の御方に任せるのが良いかと」

「いいや、ダメだ。私が直々に確かめる」

「ですが……」

「それに、レオルド。既にお前と使者が試したのだろう？　ならば、安全だと保証されたも同然だ」

「そう言われると何も言えませんが……」

　しばらく考え込むレオルドだが、国王が望んでいるのだから、応えるのが臣下の務めだろうと国王の同行を承諾した。

「分かりました。転移魔法を証明してみせましょう。陛下、これから王都の近くにある古代遺跡へご同行願えますか？」

「うむ！　楽しみであるな！」

新しい玩具《おもちゃ》を与えられた子供のように喜ぶ国王にレオルドは苦笑いだ。

しかし、トントン拍子に話が終わったかと思えたが、ここで邪魔が入る。

「なりませんぞ、陛下！」

「宰相よ。これは決定事項だ。どれだけお前に言われても覆らんぞ」

「分かっております。ですが、陛下、御一人に行かせる訳にはいきません。護衛の者をお付け下さい」

「それくらいは分かっておる。リヒトー。お前も私に付いてこい」

「陛下のご命令とあれば」

玉座に国王、その左右に宰相と騎士が立っている。国王は騎士の方へ振り向き、名前を呼んで同行するように命令する。

レオルドは国王が呼び寄せた騎士を見て、鳥肌が立った。国王が呼び寄せた騎士リヒトーは王家直属の騎士であり、近衛《このえ》騎士と呼ばれている。

王国騎士団が国の守護者ならば、近衛騎士は王族の守護者である。一人一人が強者《つわもの》であり、騎士にとっては憧れであり、目標の存在でもある。

そして、その近衛騎士の中で最強と称されているのが国王の横に控えていたリヒトーである。さらに、リヒトーにはもう一つの渾名《あだな》がある。それは、王国最強。

　あの王国騎士団、団長のベイナードよりも強いとされているのだ。国王の懐刀であり、王家の切り札とも言われている。

「人数制限はないのだろう？」

「ええ。ありませんので、多少人数が増えても問題ないかと」

「よし、では、宰相。お前も付いてこい」

　明らかに嫌な顔をしている宰相だが、断る事は出来そうにないので、宰相は嫌々ながらも同行する事を決めた。国の重鎮が離れても問題ないのかと思ったが、国王が来るのだから今更かとレオルドは諦める。


　国王、宰相、リヒトー、レオルドの四人は転移魔法陣がある古代遺跡へ向かう事となった。

　王都の近くにある古代遺跡へは何事もなく辿《たど》り着いた。と言っても、王都から古代遺跡までは道が整備されており、魔物の脅威はあまりない。あまりないだけで、全くない訳ではないが。

　ただ、今回は運良く魔物に遭遇しなかっただけである。一応は騎士達《たち》が巡回して駆除をしているが、取りこぼす事もあるので遭遇する事も稀《まれ》にあるのだ。もっとも、古代遺跡まではリヒトーを含めた騎士に護衛されているので、魔物が現れたとしても、よほどの魔物でもない限り問題はない。

それから、四人は古代遺跡の中へ入る。道中は、暇だったのか国王がよく喋《しゃべ》る喋る。標的にされたレオルドは、国王と話すのだが、代わって欲しいと宰相に目を向けたりしている。

しかし、宰相も国王の話し相手は面倒くさいのか、レオルドが向ける視線をそっと逸《そ》らした。宰相がダメならとレオルドは、リヒトーへと目を向けると笑って誤魔化されてしまう。味方はいないのだと悟ったレオルドは死んだ目で国王との会話を続けた。

レオルドの案内により、すんなりと転移魔法陣のある部屋へと辿り着いた。

「ここか……！」

いの一番に魔法陣を見つけて目を見開く国王は、レオルドの方へ振り向き確認を取る。

「はい。ここです」

国王の問いに答えたレオルドへ、後から付いてきた宰相が魔法陣を見ながら声を掛ける。

「ふむ。この足元にあるのが転移魔法陣で間違いないのか？」

「その通りです、宰相。この魔法陣こそが失われた伝説の転移魔法なのです」

宰相の問いにレオルドは自信満々に答える。

「へぇ～」

キンッと鍔鳴《つばな》りが聞こえた。ブワリと脂汗が溢《あふ》れ出すレオルドは、リヒトーに勢い良く振り向いた。振り向いた先ではリヒトーが剣に手を掛けているではないか。レオルドは王国最強の男が剣に手を添えたのを見て、緊張で動けなくなる。

「一応言っておくけど、僕はまだ君の事を信用してないから」

「……は、はい」

「妙な真似《まね》はしないでね。でないと、斬ってしまうから」

そう笑いながら、レオルドの肩をポンと叩《たた》くリヒトーは国王の傍《そば》へ行く。冷や汗をかいたが、リヒトーは国王の護衛なのだ。

過去に悪行で名を馳《は》せたレオルドの事も、よく知っている。だからこそ、完全には信じていないのだろう。肝が冷えたレオルドだが、リヒトーが警戒するのは当然の事だろうと思った。

しかし、もし、リヒトーが敵に回ったらと思うとゾッとするレオルド。あのベイナードよりも強いと噂《うわさ》されているのだ。今のレオルドなど相手にならないだろう。絶対、敵に回さないようにレオルドは心に決めるのであった。

そして、ようやく我に返ったレオルドは三人に転移魔法を経験してもらう事にした。

「では、これより転移魔法を体験してもらおうと思います。御三方《おさんかた》、魔法陣の上にお乗り下さい」

国王は躊躇《ためら》う事なく魔法陣へと上がり、宰相は恐る恐ると言った感じで魔法陣へと上がり、リヒトーはレオルドから一切目を逸らさずに魔法陣へと上がった。

レオルドは、リヒトーからの視線が怖くて仕方ないが、これから行うのは、ただの転移魔法なので恐れる事はない。が、やはり、怖いものは怖い。

三人が乗った事を確認したレオルドは、安全の意味を込めて最終確認を取る。

「これより転移魔法を発動させます。とてつもない光に目をやられるかもしれませんが、害はありませんので。それでは、行きます！」

レオルドは四度目となる転移魔法を発動させる。目を開けてはいられないほどの光が四人を包み込んだ。

四人が次に目を開いた時、部屋の内装は大きく変わっていた。レオルドが見つけた古代遺跡であり、大量の本が保管されている本棚が四人の前にあった。

「これは……、本当に転移したのか？」

「部屋の内装は変わっていますが……」

「……」

（リヒトーの目がめっちゃ怖い！　まだ信じてなさそう……）

未《いま》だに信じられない国王と宰相は部屋をキョロキョロと見回して、リヒトーはレオルドの方を笑顔で見詰めている。ただ、目は笑ってはいない。恐怖を感じながらもレオルドは三人に証明する為に動き出す。

「信じられないかもしれませんが、転移は成功しました。ここは私が見つけた古代遺跡でございます。この部屋の外には報告したミスリルゴーレムの残骸がありますので、それを見れば信じて頂けるかと」

「ほう。では、早速向かおうではないか」

上機嫌な国王と怪しむ宰相に、いつでも斬る準備万端のリヒトーを連れて、レオルドは部屋の扉を開ける。その先にはレオルドが、以前倒したミスリルゴーレムの残骸が転がっていた。

流石《さすが》にこの光景を目にした三人は疑いようもなかった。転移魔法は存在したのだと。レオルドの報告は全て事実であったと。

国王はミスリルゴーレムの残骸に近寄り、触って本物かどうかを確かめる。砕けたミスリルゴーレムを手に取る国王は、確認を終えてミスリルゴーレムの欠片《かけら》を床に置いた。

「偽物とは思えんな。流石に、あの一瞬の目眩《めくらま》しではここまで用意は出来ないだろう」

「では、陛下。転移魔法は間違いないと？」

「ああ。宰相、これは嘘《うそ》などではない。レオルドよ、散々疑ってばかりですまないな」

「い、いえ！　陛下が謝る事ではありません。全ては私の行いが招いた事ですので。これが父上だったなら、陛下は疑う事などしなかったでしょう」

「どうだかな。お前の父であるベルーガは確かに、お前とは信頼度が違おう。だが、転移魔法があると言われてもすぐには信じられん。この目で確かめるまではな」

「それでは……、お認め下さるという事でよろしいでしょうか？」

「うむ！　私が認めよう。アルガベイン王国、六十四代国王のアルベリオンがお前の偉大なる発見を讃《たた》えよう！」

喜びに打ち震えるレオルドは感極まって雄叫《おたけ》びを上げてしまいそうだったが、すぐに跪《ひざまず》いて頭を下げる。

「有り難き幸せにございます！」

「むしろ、礼を言うのはこちらだ。お前はこの国だけではない。この世界に対しても多大なる貢献をしたのだ。私は嬉《うれ》しいぞ、レオルド。お前のような臣下を持つ事が出来て」

「勿体《もったい》なき、お言葉にございます」

「ふっ……。では、一先《ひとま》ず外へと出ようではないか。案内を頼むぞ」

「はっ。お任せを！」

レオルドは三人を連れて古代遺跡の外へ出た。

外へ出てきたレオルドは、無事に転移魔法を証明する事が出来たので、リヒトーという死の恐怖から解放される。

また太陽を拝む事が出来て、喜んでいるレオルドの元にリヒトーが近付いた。レオルドはリヒトーが近付いてくる事に若干怯《おび》えているが、転移魔法の証明は国王に示したので強気の姿勢を見せる。

すると、レオルドの近くにまで来たリヒトーは、跪いて深々と頭を下げた。

「レオルド様。先程の無礼な振る舞いをお許し下さい」

リヒトーは転移魔法を完全に信じてはいなかった。報告にあったミスリルゴーレムを見ても、まだ半信半疑であったが、外に出て王都の近くでは無い事を見た瞬間にリヒトーは己の過ちを恥じた。

「へっ？」

何かされるのではと構えていただけに、レオルドは驚きを隠せなかった。リヒトーの突然の謝罪に呆気《あっけ》に取られてしまう。

しばらく固まっていたレオルドだが、すぐに跪いているリヒトーに近寄り、立ち上がるように声を掛ける。

「よして下さい、リヒトー殿。貴方《あなた》は国王の剣であり、盾ではありませんか。転移魔法などと言う、御伽噺《おとぎばなし》のような代物を持ってきた私を疑うのは当然の事ですから、謝罪など必要ありませんよ」

「しかし、それではレオルド様の名誉を傷つけたままです」

レオルドは、その言葉を聞いてガシガシと後頭部をかきむしった。

（あー、くそッ！　これだから貴族社会ってのは面倒なんだ！　別に俺は名誉も栄光も興味ないんだ！）

レオルドはリヒトーが言わんとしている事を理解しているため、どうやって彼を説得しようかと困っていた。

リヒトーは真実を言っていたレオルドを疑い続けて、あまつさえレオルドの命を脅《おびや》かすような事まで口走ったのだ。

いくらレオルドが過去に悪行を重ねていたとしても、今回は使者が証言しているのだ。つまり、レオルドの潔白は最初から証明されていた。それを知っていたのにも拘《かかわ》らず、リヒトーがやった事は、流石に許されるものではない。

「リヒトー殿。私には傷つく名誉などありません。ですから、気にしないで下さい」

「ですが！」

「お願いです。これ以上、事を荒立てないで下さい」

とにかく、レオルドはこれ以上面倒事を起こして欲しくなかった。

「それならば、剣を教えて頂けませんか？　恐らく、今回の件でしばらく王都に滞在する事になりますから、その間に時間が合えば剣を教えて頂きたい」

「そ、そんな事でよろしいのですか？」

「そんな事と言いますが、王国最強と噂される貴方からの手解《てほど》きならば、お金を払ってもいいくらいですよ？」

「いえ、お金などいりません。分かりました。レオルド様がそう仰《おつしや》るならば、不肖の身でありますが、剣をお教えしましょう」

なんとかリヒトーの説得に成功し、ついでに剣の稽古を付けてもらう事を約束したレオルドは、ホクホク顔である。

（やっほー！　バルバロトだけじゃなくリヒトーにまで剣を教えてもらえるなんて最高じゃないか！）

しかし、一つ問題がある。リヒトーは何と言っても国王の護衛だ。勿論《もちろん》、四六時中、国王の傍で護衛を務めている訳ではないが、お互いのスケジュールは把握しているだろう。という事は、レオルドがリヒトーに稽古を付けてもらうには、国王の許可を貰《もら》う必要が出てくる。

さて、どう切り出したものだろうかとレオルドは首を捻《ひね》る。ここは、素直にリヒトーをお借りします、でいいのだろうかと考えるレオルドだが、理由を聞かれると少々面倒だ。折角、穏便に済まそうとしているのに、国王に理由を話せば拗《こじ》れるに違いない。

（う～ん……。適当に嘘ついて誤魔化すか～）

結局、それらしい考えが思い浮かばなかったレオルドは、嘘を吐《つ》く事にした。そうすれば、余計な面倒事も起きる事がないと思って。

とりあえず、レオルドはその時が来たら、国王に声を掛けようと決めた。それよりも今は、とにかく転移魔法のこれからについて、話し合う事が重要なのだ。

リヒトーのレオルドへの疑いも晴れて、ようやく王都へと戻る事になった。五度目の転移にレオルドは慣れたもので、眩《まばゆ》い光も今では転移する楽しみだと微笑《ほほえ》んでいた。

王都の近くにある古代遺跡へと戻ってきた四人は王城へと戻る。

王城へ戻ると、待機していた騎士や国王の帰還を待っていた貴族達《たち》は大層驚いた。王城から出て行って、僅かな時間で戻ってきた事が信じられないようだ。

本当に転移魔法が存在していたのかが気になる貴族達は、国王の報告を待つ。

「さて、これより結論を述べる。此度《こたび》の古代遺跡の発見並びに失われし伝説の魔法、転移魔法の存在。しかと見届けた。故に私は断言しよう！　失われた伝説の転移魔法はこの日、この時を以《もっ》て復活したと！　レオルド・ハーヴェスト！　お前の成した功績は国の、いや、世界の歴史に残る偉業と言えよう。私は誇りに思う。お前を臣下に持てた事を！　お前には後ほど、此度の功績に応じた報酬を支払おう。王家の威信にかけて、必ずや相応《ふさわ》しいものをな」

「はっ！　有り難き幸せにございます！」

「うむ。では、これにてレオルド・ハーヴェストの謁見を終わりにする」


この日、多くの貴族が耳にする。失われた伝説の転移魔法がレオルド・ハーヴェストの手によって復活したと。王都は沸き上がる事になった。歴史的偉業を成したレオルドに。

そして、この朗報は人から人へ伝わり、遠く離れた地にいる、とある人物にも伝わる事となる。

「レオルド・ハーヴェスト……？　うふふ。まさか、先を越されるなんて。是非とも、お話を聞きたいわ～」

人が立ち入る事はない奥深くの森の中に、ひっそりと佇《たたず》んでいる家にいる女性は、レオルドの名前を口にして艶《なま》めかしく舌なめずりをしていた。

ここでひとつ思い出して欲しい。レオルドが危惧していた事を。

レオルドは転移魔法を復活させると、とある人物が出てくる事を示唆していた。

そう、世界最強の魔法使いを。

こうして、世界最強の魔法使いは動き出す。自身が研究していた転移魔法を先に復活させたレオルドに興味を抱いて。

レオルドは転移魔法を復活させた事に浮かれており、失念していた。自分が世界最強の魔法使いに目をつけられた事を。

そして、世界最強の魔法使いだけではなく、世界が動き出した事をレオルドは予想もしなかっただろう。人の口に戸は立てられない。

転移魔法の復活は王国に隣接している帝国にも伝わっていた。民から貴族へ貴族から皇家へ、そして皇帝に。

真偽を確かめるべく皇帝は動き出す。王国へ皇帝は諜報員《ちょうほういん》を送り込んだ。

さらには、帝国を挟んである聖教国。王国が転移魔法を復活させたという一報を聞いて、聖教国の支配者である教皇も動き出した。

転移魔法を復活させたレオルドを巡って水面下で三つの国が慌ただしく動いている事に、レオルドは気が付かない。何せゲームには無かった話だから。

ゲームだと主人公とヒロイン達が褒美を与えられる事になっていたので、レオルドもその程度だろうとしか思っていなかったのだ。

そして、もう一人忘れてはいけない人がいる。誰よりも早くレオルドに興味を抱いていた第四王女《シルヴィア》である。

「非常に不味《まず》いです。このままだと、レオルド様は確実に誰かに取られてしまいますわ！それに今レオルド様は婚約者もいない。そして、今回の転移魔法の復活という歴史的偉業。これだけの功績があれば過去の罪など帳消しどころかお釣りが来ますわ……。お父様にご相談しなくては！」

善は急げとシルヴィアは、レオルドを手中に収めるために奔走する。

しかし、既に国王も動き出していた。恐らく各国が動き出すであろうと予測しており、レオルドを他国に取られてはならないと囲い込む気でいた。

「宰相よ……。レオルドについてだが、どう思う？」

「そうですな。やはり、おかしな点が多いでしょう。古代遺跡の発見までは偶然という事は考えられますが、転移魔法は文献もほとんど残っていない代物。だと言うのに、彼は転移魔法を復活させてみせたと言うではありませんか。これは、どう見ても怪しいです。背後に誰かいるのかもしれません」

「ふむ。やはり、そう思うか。だが、何かを企《たくら》んでいるようには思えない。むしろ、好意的に見える。尤《もっと》も、それら全てが演技だと言うのなら賞賛すべきであろうな。ハッハッハッハ」

「笑い事ではありませんぞ。もしも、帝国、もしくは聖教国と秘密裏に繋《つな》がっていたとしたら、彼はとんでもない事を仕出かしたのですぞ」

「そうだな。しばらくはレオルドに監視を付けておこう。それと、報酬についてだが爵位を与えようと思う」

「それが妥当でしょうか。とは言っても転移魔法の復活だと相応しくない気がしますが……。そもそも、転移魔法を復活させた功績に相応しい報酬は少々難しいですな」

「うむ……、爵位だけではなく領地も与えるか。それから、転移魔法が今後普及すれば、転移魔法がもたらす利益をレオルドにも渡すと言うのはどうだろうか？」

「それならばよろしいかと。しかし、問題は爵位と領地をどうするかですな」

「その点については問題ない。現在、レオルドはハーヴェスト公爵領であるゼアトをベルーガの代わりに治めている。だから、そのままゼアトをレオルドに譲渡させれば問題ないだろう」

「なるほど。確かにそれならば、誰も文句は言わないでしょうな」

生き残る為《ため》に必死なレオルドは、いずれ思い知る事になる。自分はとんでもない事をしてしまったと。そして、極めて面倒な事になった事を。

果たして、レオルドは生き残る事が出来るのだろうか。


謁見も無事に終わり、レオルドは適当に時間を潰そうとしたが、父親であり公爵家当主であるベルーガに呼び止められる。

「レオルド。これから何か予定はあるのか？」

「いえ。特にないので、どこかの宿を借りて寝ようかと思います」

「そうか。ならば、一緒に帰ろう。オリビアが待っている」

「母上がですか。分かりました。すぐに用意致します」

「うむ。待っているぞ」

一礼するレオルドを見て微笑むベルーガは踵《きびす》を返した。そのままレオルドの前から去ろうとするが、去り際に一言残す。

「レオルド。恐らくだが、今のお前を見たらオリビアは、お前を服屋にでも連れ出すと思うから準備しておくんだぞ」

「……は？」

ベルーガが意味深な事を言っているが、全く分からないレオルドは困惑するばかり。

先程の言葉はどういう意味だったのだろうと考えながら、レオルドはギルバート、バルバロト、イザベル、シェリアの四人を引き連れてベルーガの元へと向かう。

用意された馬車に乗り込むレオルドは、父親と二人きりという空間に僅かながら息苦しさを感じていた。母親であるオリビアならば、多少お喋《しゃべ》りな所はあるが息苦しいとは感じない。

ただ、ベルーガが相手だとレオルドはどうしても苦手意識を持つ。嫌われている訳では無いと思うのだが、和解出来たとは思っていない。

ジークとの決闘に敗れて、辺境へ飛ばされる際にはベルーガはレオルドに怒りを通り越して呆《あき》れていた。だから、レオルドは今もその事が頭から離れていないので、ベルーガは少し苦手であった。

仕事の話ならば、取り繕う事は出来るのだが家族としての場合はまだ難しい。レオルドは以前はどのような事を話していたのだろうかと、ボンヤリと思い浮かべる。

「……」

「……」

沈黙だけが支配する馬車の中という小さな空間。気まずい時間が続き、レオルドは何か話題でも振ってみようとしたら、先にベルーガが口を開いた。

「レオルド。お前の成した功績、いや、歴史的偉業は恐らくだが多くの人に知れ渡るだろう」

「そうですね。でも、そこまででしょうか？　私がしたのは所詮書物に描かれている魔法陣を書き写しただけに過ぎませんよ？」

「お前にとってはそうだろうが、噂《うわさ》とは尾ひれがつくものだ。その事に関してはお前が一番知っているだろう？」

「ええ、確かに。では、父上は私が転移魔法を復活させたと言う事になるとお思いなのですか？」

「そうだ。そうなれば……、レオルド。お前を手に入れようと良からぬ事を企む者が出てこよう」

「まさか……！　私にはなんの能力もありませんよ」

「真実を知らない者からすれば関係ない。お前は転移魔法の使い手だと勘違いされる恐れもある。だから、レオルドよ。お前は護衛を増やすべきだ」

「ええ？　ギルが付いてますから、増やす必要はないかと思いますが？」

「確かにギルがいれば護衛を増やす必要は無いかもしれんが、万が一という事もある。それに、話は他にもある」

「まだ？　一体他に何があると？」

「お前と縁を結びたいと多くの者から娘を紹介されたよ」

「はあっ!?　それはつまり、俺に婚約者をという話ですか!?」

「ああ。だが安心しろ。一応、断っておいたぞ」

「そ、そうですか。それはありがとうございます」

レオルドにとっては突拍子もない話題だったので、思わず素が出てしまう。

対してベルーガはある程度は予想していた。レオルドが成した歴史的偉業は多くの利益を生み出し、王家からも評価されるのは間違いない。

そして、レオルドは過去に元婚約者《クラリス》を襲ったとされているが、未遂で終わっている。その為、婚約破棄をしており、今はフリーなのだ。

これはもう狙わない手はないと、多くの貴族がレオルドの父親であるベルーガに言い方は悪いのだが、自分の娘を売り込みに来たのだ。

「それで、レオルド。流石《さすが》に私でも断れない方から来るかもしれない。だから、覚悟だけはしておいてくれ……」

「ま、まさか……！　王家から来るかもしれないと？」

コクリとバツの悪そうな顔で頷《うなず》く父親を見て、レオルドは泣きつく。

「父上！　何とかならないのですか!!」

「すまない。こればかりはどうする事も出来ない……」

「そ、そんなっ！！！」

「ま、まあ、良いではないか。本来なら、お前には無縁な話だったんだぞ。それが、願っても無い相手からも来るかもしれないのだから、喜ぶべきだろう？」

「それはそうかもしれませんが……！　断る事は出来るのですか？」

仮に王家から縁談を申し込まれたら、ベルーガではどうする事も出来ないだろう。

「……」

「父上！　何故《なぜ》、目を逸《そ》らすのです！　父上、答えて下さい！！！」

「私はお前の幸せを願っているぞ」

「本当に俺の幸せを願ってるなら目を見て話せっ！！！　顔を背けてんじゃねえぞっ！！！」

「お、お前！　親に向かってなんて口の利き方をするんだ！！！」

「親なら助けてくれよっ！！！」

「まだ可能性の段階で決まった訳ではないのだから、そう取り乱すな！」

「そりゃそうかもしれませんけど、王家と結婚なんて面倒事以外何もないじゃないですか！」

「王族に対してなんと無礼な……！　はあ……、もういい。分かった。お前があまり乗り気ではない事が」

「おおっ！　分かって下さいましたか、父上！」

「ああ。だが、縁談が来た日には覚悟しておくんだぞ」

「ぐっ……分かりました。ですが、この件に関しては父上には口出ししないでもらいましょうか」

「分かった。しかし、先程のような発言は決してするなよ？」

「分かってますよ、父上」

ベルーガの答えに満足したレオルドは満面の笑みを浮かべた。ベルーガは久しぶりに見た愛息子《まな》の笑顔に毒気を抜かれて笑う。

「ふっ……」

「どうかしましたか？」

「いいや。久しぶりだと思っただけだ」

何が久しぶりなのか見当もつかないレオルドは首を傾《かし》げる。

ベルーガはいつぶりだろうかと、物思いにふける。レオルドとこうして会話が弾み、笑い合ったのはと。

それから、馬車は走り続け、レオルドはモンスターパニックの終息祝いで、王都に呼ばれた時以来となる、久しぶりの我が家だ。

（意外と帰ってくるの早かったな～。前回、帰ってきた時は半年ぶりだったけど、今回は数週間くらいか？　まあいいか）

馬車から降りて、レオルドは久しぶりの我が家に入ろうとしたら、オリビアが飛び出してきた。いきなり、飛び出してきたオリビアはレオルドを抱きしめる。

「おかえりなさい、レオルド！」

「は、母上。ただいま戻りました」

「ええ、ええ。元気で………！　レオルド！　貴方《あなた》、物凄《ものすご》く痩せてないかしら!?」

「えっ？　そうでしょうか？」

「ええ！　前に見た時も痩せていたけれど、今はもっと痩せているわ！　それに筋肉も付いたから、がっしりとした体型になってるわよ」

「気が付きませんでした……」

レオルドはオリビアに言われてから、初めて自分が痩せている事に気が付いた。

実はギルバート、バルバロト、イザベル、シェリアなどはレオルドが痩せている事を知っていた。そもそも、前者の四人はいつも近くにいるのだから、知っているのは当たり前だが。

　しかし、何故、レオルドは自分で気が付かなかったのか。以前はウエストが減っている事に自分で気が付いていたと言うのに。

　その理由は、一つ。領主代理となって激務の毎日だったからだ。だから、レオルドは自分の体型の事すら頭から抜け落ちていた。

　とにかく忙しかったので、自分が痩せているかどうかなど確認していなかったのだ。鏡すら見ている暇も惜しかったので、レオルドは客観的に自分を見る機会は無かった。

　だが、オリビアの痩せた発言によりレオルドは、自分の身体《からだ》を見下ろした。確かに言われてみれば、中年オヤジのようだった下っ腹は凹《へこ》んでおり、顎と首の肉が同化して顎が無くなっていたのが元に戻っている。

　ただ、まだレオルドは同年代の平均体重に比べたら重い。しかし、その重さは何も脂肪が原因という訳ではない。レオルドの努力の証《あかし》である筋肉だ。

「こうしてはいられません！　レオルド！　服を買いに行きましょう！」

（あッ、今繋がった。父上が言っていた言葉の意味はこういう事だったのか）

　なるほどと、レオルドは納得した。ベルーガが王城で伝えてきた言葉の意味は、こういう事だったのかと理解する。

　恐らく、断る事など出来ないだろう。こういう時の母は強い。何せ、滅多に帰ってこない愛息子とのショッピングだ。オリビアがこの機会を逃すはずがない。

「分かりました。ですが、先に荷物を片付けておきたいのですが」

「それなら、使用人に任せればいいわ」

オリビアの指示により使用人がレオルドの荷物を奪い去って行く。レオルドは少し休みたかったが、母親の願いは無下には出来ない。

護衛としてギルバートとバルバロトをレオルドは指名してオリビアと共に街へと向かう。残されたイザベルとシェリアは何故自分も連れて行かないのかと、恨めしそうに睨《にら》んでいたがレオルドは、また今度な、という感じで頭を下げた。

馬車の中でオリビアは、レオルドと楽しそうに会話をしていた。

「聞いたわ、レオルド。貴方、伝説の転移魔法を復活させたんですってね。凄いわ！やっぱり貴方は自慢の息子ね！」

「ッ……！　ありがとうございます」

古代遺跡での出来事を思い出してしまうレオルドは、母親からの賛辞に思わず泣いてしまいそうだった。

「あら、どうしたの？」

「いえ、何でもありません。それよりも母上はいつからその事を？」

「貴方が陛下に報告した時には聞いたわ。ベルーガから教えてもらったの」

「そうなんですね」

「そうなの。それよりも気になるのだけれど、転移魔法はどこまで使えるの？」

「残念ながら私は使えませんよ。魔法陣を用意すれば使用は可能でしょうが」

「あら、残念。レオルドが使えるのなら、これでいつでも会えると思ったのに……」

「ははは、仕方ありませんよ。ですが、私が使った転移魔法陣は王都の近くにある古代遺跡からゼアトの近くにある古代遺跡へと繋《つな》がっていますから、今までよりは近くなったと言ってもいいですね」

「まあ！　それは本当かしら？」

「え、ええ。本当ですよ」

「良かった。これで、レオルドに会いに行こうと思えばすぐに行く事が出来るのね。それって素敵な事だわ」

手を鳴らして喜ぶ母親にレオルドは顔が綻ぶ。今まで悲しませた分、自分という屑《くず》人間にも無償の愛を注いでくれた母には笑顔でいて欲しいとレオルドは願ったからだ。

「じゃあ、次はお嫁さんね！」

「へあっ!?」

「何をそんなに驚いてるの？」

「その嫁と言うのは私には無いかと……。ほら、私が婚約破棄をしたのは元婚約者を襲ったという理由がありますから………」

「そうね。でも、それは未遂で終わっているでしょ。それに、貴方が成した事は国だけでなく世界的に見ても偉大な功績だと思うの。だったら、多くの人は貴方を放っては置かないでしょうね。そしたら、沢山の縁談が届く事になるから、無視なんて出来はしない。だから、選ぶしかないの」

「それは……！　そうなのですが……」

「何か嫌なの？」

「……実は父上とも同じ事を話しました。一応は父上がお断りしたそうです」

「そうなのね。でも、まだ何かありそうだけれど？」

「……どうやら、王家から縁談の話が来るかもしれないのです」

「それは、そうね。貴方はそれだけの偉業を成したのだから、王家も貴方を見逃さないでしょう」

父親と同様の反応を見せる母親にレオルドは絶望しか無かった。どうやら、オリビアもベルーガと同じ意見のようだ。しかも、かなり現実的な事を言っている。

レオルドもオリビアの言っている事が理解出来るので、余計にだ。貴族社会とは、なんと面倒なものなのかとレオルドは心の中で嘆く。


久しぶりの親子でショッピングと言う事により、オリビアのテンションは最高潮である。王都でも屈指のデザイナーが勤めている服屋に来ると、オリビアは張り切ってレオルドの新しい服を選んでいく。

「これもいいわね。これもいいかしら！　でも、こちらも捨て難いのよね～」

自分の買い物でもないのにオリビアは迷いに迷っている。それは仕方の無い事だ。レオルドは基本ゼアトにいるので、親子で買い物など滅多に出来ない。

だから、オリビアはこの時を、目一杯楽しむ事にしているのだ。いずれ、別れる時が来るまでは、沢山レオルドと触れ合っておこうと思うオリビアなのだった。

「ねえ、レオルド。この服なんてどうかしら？」

「私としては、もう少し落ち着いた色がいいですね」

「そう？　でも、貴方には似合うと思うわ」

「でしたら――」

レオルドは母親が持っている服と同じ色の別の服を手に取った。

「こちらの方が私好みですね」

「それもいいわね！　だったら、こちらの服とそちらの服を買いましょうか」

「ええっ！　どちらか一着でよろしいのでは？」

「ダメよ。レオルド！　貴方は年頃の男の子なんだから沢山オシャレしなきゃ！　そんなんじゃ流行《はや》りについて行けませんよ！」

貴族というのは、目立ちたがり屋も多い。なので、ファッションも最先端をいつも走っている。社交界でも有名な貴族が目立ったりすると、似たようなデザインばかりになったりする。おかげで、ファッションに疎い男性陣はてんてこ舞いだ。

「貴方も父親《ベルーガ》と同じように面倒だからと言って同じのばかり買ってはいけませんよ！」

「あ、はい……」

どうやら、自分は父上の遺伝子が強いのだと痛感するレオルド。オリビアに指摘されなければ、ベルーガと同じように似たようなデザインの服ばかりを買っていただろうから。

しばらくの間、母親と一緒に買い物を楽しんでいると意外な人物を発見してしまう。

運命48《ゲーム》の主人公であり、レオルドが辺境ゼアトに行く原因となったジークフリートだ。

しかも厄介な事に、ヒロインであるエリナ、クラリス、コレット、そして新しくハーレムに加わったソーニャ・ポトレフまでいる。

出会ってはいけない人物達《たち》が奇《く》しくも同じ店内にいた。どうやら、女性陣が新しい服を買いに来たようだ。デートなのかは分からないが、ジークフリートにヒロイン達が問い詰めている。

運命とは時に残酷なもの。レオルドは出会いたくない人物達が集結している中で、どうやって気付かれないように、この場を乗り切るかを画策する。

二人が狭い店内でまだ出会っていないのは、ある意味奇跡と言ってもいい。普通なら、既に遭遇していてもおかしくはない。

だが、上手《うま》い具合に二人は、お互いを避けている。勿論《もちろん》、意図してやっている訳では無い。全くの偶然である。まさに奇跡と言えよう。

しかし、ここでオリビアがレオルドに試着するように促す。レオルドは素直に従い、試着室へ入るべきなのか悩む。幸い、試着室とジークフリート達は離れている。特に問題もないので入ってもいいかと、レオルドはオリビアが持ってきた服を持って試着室へ入る。試着を済ませると、レオルドはオリビアに意見を聞こうと試着室のカーテンを開ける。

すると、ジークフリート達が移動しており、すぐ傍《そば》に来ていた。

「ツッッ!?」

咄嗟《とっさ》に試着室のカーテンを閉めて、身を隠すレオルドは息を潜める。

叫ばなかったのは我ながら上出来であると己を称《たた》えたレオルドはカーテンの隙間から、ジークフリート達の動向を確かめる。

ジークフリート達が試着室から離れていくのを確認して、レオルドはカーテンを開けた。そんなレオルドが気になったオリビアは声を掛ける。

「どうしたの、レオルド？　何かあったの？」

「い、いえ。そういう訳ではありません。母上、私はこの服を気に入りました。今すぐ会計をして帰りましょう」

「ええ？　もう少し、楽しみましょうよ」

レオルドは母親の願いを叶《かな》えてあげたいが、事は急を要する。今すぐにこの場から離れなければ、因縁の原作主人公《ジークフリート》どころかヒロイン達とまで鉢合わせしてしまう。出来れば、それは避けたい。確かに今回レオルドは歴史的偉業を成したが、決闘の件は無くなった訳ではない。

ジークフリート達の前から消える事、元婚約者《クラリス》に二度と関わらない事。これら二つは守らなければならない。

勿論、レオルドが意図して破った訳ではない。今回は国王がレオルドを呼び寄せて王都に帰ってきたのだから、偶然にも会ってしまう可能性は十分にある。

だが、それは望ましくない。きっと会ってしまえば、お互いに何を言うかは分からない。ましてや、ジーク側には全ての切っ掛けとなったクラリスがいる。

もしも、顔を合わせてしまえばどのような結末が待っているかなど、容易に想像出来てしまう。

恐らく、クラリスは過去の事を思い出してしまい震えて怯《おび》えるだろう。それを見たジークフリートが激昂《げきこう》してレオルドを責める事は間違いない。

レオルドが一人だったら罵詈《ばり》雑言《ぞうごん》など甘んじて受け入れていただろうが、今はすぐ傍にオリビアがいる。レオルドはオリビアにまで迷惑を掛けてはいけないと、どうにかこの場から離れようと知恵を絞る。

「母上、私は靴を、靴を見に行きたいです。この服に合った靴を見に行きましょう！」

咄嗟に思い付いたがナイスアイデアだと、自分を褒める。

「そう言うのであれば、そうしましょうか。では、靴屋に向かいましょう」

「はい！」

上手くオリビアを誘導する事に成功したレオルドは内心大喜びである。

（やった！　上手く行った！　これで、ジーク達に会わなくて済む。後は店から出る時に気を付ければいいだけだ）

レオルドは念には念をとギルバートに指示を出して、オリビアをジークフリート達から遠ざけるように会計へ向かわせた。唯一の懸念はエリナがオリビアに気が付く事だ。

もしも、エリナがオリビアに気が付いたら、間違いなくエリナは挨拶をして、なぜここにオリビアがいるかを訊《き》くだろう。そうなれば、レオルドの存在もバレてしまう。そうなったら、全てが水の泡と帰す。

それだけは絶対に阻止してくれと、レオルドはギルバートに目で訴えた。ギルバートは、レオルドの願いに応えるように、見事オリビアをジークフリート達に気が付かれる事なく、会計へ連れて行った。

ギルバートのおかげで、最大の難所を突破したレオルドは歓喜に打ち震えた。

見事レオルドはジークフリート達から気付かれずに逃げるというミッションを果たした。一安心したレオルドは満足げに微笑《ほほえ》む母親を見て汗を拭った。

嫌な汗をかいてしまったが、母親に気付かれなくて良かったと人心地ついた。

馬車に乗り込み、靴屋へと移動する。靴屋へと辿《たど》り着き、オリビアがレオルドを先導して中へと入って行く。

先程の時もそうだったが、靴選びも難航した。オリビアがレオルドにどれが似合うかと楽しそうに頭を悩ませている。

　自分から言い出した事だが、レオルドは正直靴はどうでも良かった。履き心地が良ければ、どんなデザインでもいいと思っている。

　しかし、そんなレオルドの考えは見透かされていたのか、オリビアは奇抜なデザインの靴をワザとレオルドに持ってきた。

「どうかしら、これなんて」

「は、母上。流石《さすが》にこのデザインは……」

　履き心地さえ良ければどれでもいいと思ったが、流石に人目を浴びそうな無駄に派手な装飾が施されている靴は嫌だったレオルドは、オリビアが持ってきた靴を見て躊躇《ためら》う。

「あら～、どうして？　履き心地さえ良ければどんなデザインだろうと構わないという顔をしていたのに？」

「……はて？」

「誤魔化してもダメよ！　もう！　どうしてそういう所は父親《ベルーガ》に似ちゃったのかしら！　まあでも、そこも可愛《かわい》らしいところだけど。だからって疎《おろそ》かにしてはいけませんよ！」

「は、はい……」

　心を読まれて冷や汗をかくレオルドに、力強くダメ出しするオリビア。レオルドは内心で自分は本当に父親そっくりなんだと笑っていた。

（おお、父上。どうやら、貴方《あなた》と俺は美的センスは似たようです。そして、母上には逆ら

えそうにありません。ははは、っ）

しかし、どこか嬉《うれ》しそうなレオルド。今度、この事をベルーガと語ってみようかと思うのだった。

それから、母親《オリビア》との楽しい買い物も終わりを告げて、レオルドは屋敷へ戻る事となる。夕食まで時間があるので、レオルドは中庭を借りてバルバロトとギルバートと日課の鍛錬を行う事にした。

バルバロトは公爵邸という事もあって、緊張していた。その様子を見たレオルドが新鮮なものを見たとバルバロトを茶化す。

「どうした、バルバロト。動きが硬いぞ？」

「レ、レオルド様。意地悪な事を言わないで下さいよ。ただでさえ、俺のような爵位が低い出自の騎士が公爵邸に招かれるだけでも恐れ多いのに……」

「ははは、っ。そんな事気にするな。母上も父上も気にしないだろうからな」

「公爵様達はそうでしょうけど……」

「ん？」

緊張して固まっているバルバロトが見ている視線の方向を追うと、そこには公爵邸の警備を担当している騎士がいる。誰も彼《か》もがバルバロト以上の爵位であり、実力も申し分ない。

つまり、バルバロトは居心地が悪いのだろう。自分よりも身分の高い騎士達に見られているのが。

「ふむ……。ならば、黙らせてやろう」

「レオルド様？　何をするおつもりで？」

「何、ちょっとした物を見せてやろうとな。そうすれば、奴等《やつら》も考えを改めるだろう」

レオルドが何を企《たくら》んでいるのか分からないバルバロトは首を傾げる。だが、レオルドが言うのだから何も問題はないだろうと気にするのをやめた。

「いつものように行くぞ、バルバロト！」

「はい！　いつでもどうぞ！」

二人は掛け声を出した後、ぶつかり合う。木剣がぶつかり合う音が、カンッと公爵邸の中庭に鳴り渡る。

だが、次の瞬間、恐ろしい速度で木剣のぶつかり合う音が鳴り響く。カカカッとぶつかり合う音を聞いた警備の騎士達が見に向かうと、そこではレオルドとバルバロトが高次元の戦いを繰り広げていた。

公爵邸の警備を任せられている騎士達も実力は相当なものではあるが、レオルドとバルバロトの両名には及ばない。二人はそれほど強いのだ。

「ぜあっ!!」

「ふっ!!」

対して二人は既にお互いしか眼中に無い。何せ、少しでも目を逸《そ》らせば負けるのだから。

レオルドの剣の実力は既にバルバロト並である。そして、バルバロトはそんなレオルドに負けてはならないと、鍛錬を積み重ねておりレオルドには未《いま》だ一本も与えていない。

故にバルバロトの方が剣術は上である。そう、剣術だけに限ればだ。レオルドは魔法を使えば、バルバロトを超えている。だが、魔法は使用しない。あくまで剣術の鍛錬であるからだ。だから、レオルドは剣術だけでバルバロトから一本を取ってみせようと張り切っている。

「はあっ！」

「くっ！」

やはり、僅かにバルバロトの方が上であった。バルバロトの一撃がレオルドの頬を掠《かす》める。避ける事は出来たが、一撃を貰《もら》ってしまったレオルドとバルバロトは動きを止めて、お互いに頭を下げる。

そして、レオルドはどさっと地面に腰を下ろした。

「あーっ！　いけると思ったのだがな」

「流石に剣術ではまだ負けませんよ」

「そうだな。ところで、緊張は解けたか？」

「ええ、それはもう。むしろ、緊張していた事が馬鹿らしく思いましたよ」

「はははは！　それは何よりだ。それよりも見てみろ。警備の騎士達の顔を。俺達の鍛錬を見て間抜けな顔をしているぞ」

　言われてから思い出したバルバロトは、こちらを眺めている騎士達《たち》に目を向ける。すると、そこにはレオルドが笑っていたように間の抜けた顔をしている騎士達がいた。

「くくっ。そうですね。今はとても愉快な気分です」

「ははっ！　そうかそうか。じゃあ、続きをやろうか」

「良いでしょう。次も俺が勝ちますから」

「抜かせ。今度こそお前から一本取ってみせるからな！」

　再び始まった稽古に警備の騎士達は食い入るように見ていた。しかし、警備長が来て、二人の稽古に見入っていた騎士達は叱られて現場へと戻っていく。

　まだ見ていたいと多くの騎士達がもどかしさを感じていた。出来る事ならば自分も交ざりたいとも思っていた。

　そして、レオルドとバルバロトの稽古を見ているのは騎士達だけではない。オリビアも紅茶を飲みながら、楽しそうに見守っていた。息子の成長が喜ばしく、オリビアはニコニコと微笑んでいる。

「ふふっ。レオルドったらあんなに楽しそうにしちゃって。やっぱり男の子なのね。私と買い物してる時よりも良い顔してるわ」

　少しだけ嫉妬してしまう。でも、またあのような笑顔を見せるレオルドを見られたので、些細《ささい》な事だった。

「ねえ、ギル。私には分からないのだけれど、レオルドはどのくらい強いのかしら？」

「そうですな。恐らくは同年代では今の坊ちゃまとまともに戦える方はいないかと」

「レオルドが決闘で負けたジークフリート君もかしら？」

「それは、何とも言えませんな。坊ちゃまが負けてしまったのは、数年も稽古をサボり続けていたせいですので。ですが、もしも、再戦する機会があれば今の坊ちゃまなら勝てるかと思います」

「そう……。でも、再戦の機会は無さそうね。レオルドはきっとこれからとっても忙しくなるだろうから」

「坊ちゃまが泣き叫びそうですね」

「そうしたら、私の所に来ないかしら？　昔みたいに沢山甘えてくれると嬉しいのだけれど……」

「ははは。流石に坊ちゃまも恥ずかしいでしょうから、奥様には泣き付かないでしょう。でも、時には親に甘えたくなる時もありますので可能性は十分にあるかと」

「そうよね！　うふふ。ちょっとだけ、ほんのちょっとだけでもいいからレオルドにはまた我儘《わがまま》を言ってもらいたいわ」

ほんの少し前までは我儘ばかりのレオルドであったが、ここ最近のレオルドは立派に成長している。おかげで、母親としてやってあげられる事が少なくなっている。

それは嬉しい事でもあるが、少しだけ寂しいと感じるオリビアであった。

一先《ひとま》ず、レオルドはバルバロトとの剣術の稽古を終える。次はオリビアの元で優雅に紅茶を注《つ》いでいるギルバートとの体術だ。

（いつの間に母上来てたんだ？　それに、稽古の様子を見ても面白いのだろうか？　よく分からんけど、なんか母上楽しそうにしているからいいや）

呑気《のんき》な事を考えながら、レオルドは柔軟体操を行う。

（そう言えばイザベルとシェリアはどこに行ったんだ？）

今更ではあるが、レオルドは買い物に行く時に置いて来たイザベルとシェリアの行方が分からなくなっており気になっていた。

しかし、いてもいなくても特に問題は無いだろうと判断してイザベルとシェリアの事を忘れる。一応、イザベルはシルヴィアが送り込んできた諜報員《ちょうほういん》なのだから、もっと警戒しておいた方が良いのだが、レオルドはこれといった情報は与えてはいないので放置しても問題ないとしている。

柔軟体操が終わる頃には、レオルドの前に音もなくギルバートが立っていた。相変わらず、察知出来ない事にレオルドは悔しがる。

まだ、ギルバートの領域へは遠い事に嫌気が差す。だが、同時に必ずやギルバートに目に物見せてやると意気込んだ。

「さあ、始めましょうか」

「ああ！」

「ふふっ。奥様に良いところを見せたいのですか？　いつもより張り切ってらっしゃる」

「ふっ、そのようだ。俺は母上にどれだけ成長したかを見せてあげたい」

「既にお喜びでしたよ」

「そうか……。ならば、もっと喜ばせるべきであろう！」

公爵家自慢の中庭の地面がレオルドの踏み込みにより陥没する。常人では捉えきれない速度でギルバートの懐に侵入したレオルドは拳を打ち込む。

ズドンッと重たい打撃音が鳴り響き、周囲の者が驚きの表情を見せる。見物していたオリビアもレオルドが躊躇う事なくギルバートに拳を打ち込むのを見て、驚きのあまり開いた口を手で隠していた。

「お見事でございます。しかし、まだ私には届きませんよ」

「はあっ！」

レオルドの拳はギルバートに受け止められており、止まっていた。すぐ様、身体《からだ》を捻《ひね》り回し蹴りを叩《たた》き込むレオルドだったが、ギルバートに受け止められる。

拳打も回し蹴りも受け止められたレオルドは一度距離を取り立て直す。腰を低くして呼吸を整え、ギルバートを睨《にら》みつける。すると、次の瞬間、ギルバートの姿が掻《か》き消える。

ギルバートの姿が掻き消えたと同時にレオルドは腕を盾にして防御の姿勢をとる。レオルドが防御の姿勢を取った瞬間にギルバートが現れて強烈な回し蹴りを叩き込まれる。

「ぐっ……！」

「連続でいきますぞ」

「口に出す敵がいるかっ！」

ギルバートの姿がまた消えるが、レオルドは動き出しており、ギルバートの攻撃を見事に防いでいた。見物していた者達は更に驚いた事だろう。

ギルバートの動きは警備を担当している騎士でさえ捉える事が出来ていない。しかし、レオルドは完全にギルバートの動きを読み取っており、最適な動きで攻撃を捌《さば》いているのだから、驚かない方が無理というものだ。

驚きの連続である周囲とは違い、レオルドは非常に冷静であった。ギルバートがどこから攻撃してくるかを的確に捉え、どこを攻めればギルバートが嫌がるかを完全に理解していた。

しかし、それでもまだ届かないのだ。それも当然である。ギルバートはレオルドの倍以上生きており、経験が違いすぎる。それに、伝説の暗殺者《アサシン》として裏社会に君臨していた男だ。そう簡単にレオルドが追いつけるはずがない。

「づぅっ……！」

ギルバートの強烈な蹴りを受け止めたレオルドは、痛みに顔を歪《ゆが》める。だが、受け止めたのだ。つまり、ギルバートを捕まえたという事。

「摑《つか》んだぞ、ギル！！！」

「むっ！」

関節技に持ち込もうとするレオルドにギルバートは僅かながら焦る。しかし、レオルドの関節技は極《き》まる事はない。ギルバートが身体をコマのように回転させて、レオルドの手から抜け出したのだ。

「ちっ！」

「いやいや、お見事でしたよ。坊ちゃま。今のは焦ってしまいました」

「そうか。それならば嬉《うれ》しい限りだっ！」

離れた位置に立つギルバートへ踏み込んだレオルドは拳を突き出す。だが、それは悪手であった。少しばかり、動きが大雑把になってしまったレオルドはその隙を突かれてしまう。

空振りしたレオルドの懐に侵入したギルバートは容赦なく膝蹴りを放ち、レオルドを宙に浮かせる。ギルバートはオリビアの前であるので無防備状態となったレオルドに蹴りを放ったが、寸止めした。

「なぜ、止めた！」

いつもなら、容赦なく打ち込んでいたのに、寸止めしたのが気に入らなかったレオルドは、ギルバートに怒鳴り声を上げる。

「奥様の前ですので」

ギルバートの言葉を聞いて、レオルドは我に返り、母親の方へ顔を向けた。

（そうか。確かに、いつも通りなら、俺は蹴り飛ばされていただろうな。そうなれば、母上は心配されるだろう。ちょっと、視野が狭くなってたな。ギルに謝っておくか）

もしも、いつものように鍛錬を続けていれば、オリビアはきっと心配に心を痛めていただろう。レオルドは、その可能性に気が付かなかった自分に嫌気がさす。

「すまん、ギル。俺が浅慮だった」

「いえ、お気になさらず。それほど、集中していたという事でしょう」

ギルバートの気遣いにより、オリビアに無駄な心配をさせずに済んだレオルドは、それからもしばらくギルバートとバルバロトの二人と鍛錬に励んだ。

鍛錬を終えて、大量の汗をかいたレオルドは公爵邸に備えられている浴場で汗を流す事にした。

しかし、そこへ思わぬ事態が起きる、オリビアが一緒にお風呂へ入ろうと言うのだ。

「久しぶりに一緒に入りましょう」

「ふぁっ!?」

この提案には、流石《さすが》のレオルドも断固拒否という反応を示した。

「こ、子供の頃なら分かりますが、私はもう十六歳なのですよ!?　母上と一緒に入るような歳《とし》ではありません！」

「でも、久しぶりに貴方《あなた》の背中を流してあげたいのだけれど、ダメかしら？」

「ダメですっ！　こればかりは譲れません！」

「お願い、レオルド！　私は脱がないから、いいでしょ？」

「ダメったらダメです！　母上のお願いならば聞いてあげたいです。でも、こればかりはどうしても無理です」

「そう……………。分かったわ。貴方がそこまで言うのなら今日は諦めます」

（今日はって明日もお願いしに来るつもりかーいっ！）

オリビアの言葉に内心で盛大にツッコミを入れるレオルドは疲労からか溜息《ためいき》をこぼしてしまう。

この疲れを癒す為《ため》にも早く風呂へと入ろうとレオルドは、フラフラしながら使用人に付いて行った。

脱衣所に着いたレオルドは手早く服を脱いで行き、公爵邸の無駄に広い浴場へ足を進めた。ゲームで見た事がある古代ローマ式お風呂にレオルドは童心が蘇《よみがえ》る。

（おっと、いかんいかん。つい、はしゃぎたくなるが、先に身体を洗わねばな！）

レオルドがベタベタしている身体を洗おうとした時、風呂場に誰かが入ってくる。誰だろうかと顔を向けるが、湯気で分からない。

「お背中を流しに参りました」

「あ？　その声はイザベルか。一人で出来るからいらん。さっさと帰れ」

「そう言う訳にはいきませんので、失礼しますね」

「仕事だからとか、そんな事なら気にしなくていい。そもそも俺は一人で風呂に入りたいんだ。だから、早く出ていけ」

既に真後ろにまで来ているイザベルに向かってレオルドは冷たく突き放す。しかし、イザベルも負けじと反論する。

「では、せめてお背中だけでも流させてくれませんか？」

「あのなぁ……！　別にいいって言ってるだろ」

「お願いします。背中を洗ったら出ていきますので」

「はぁ～……！　分かった。背中だけ頼む」

「はいっ！」

ズルズルと問答を繰り返すのが面倒になったレオルドは、背中だけ洗う事を許可した。喜ぶイザベルにレオルドは呆《あき》れ果てる。

(何が嬉しいんだろうか……？)

さっさと終わらせようとレオルドは頭を洗い始めて、背中をイザベルに任せる。そしたら、背中に痛みが走り、爪が当たった事を知ったレオルドはイザベルに怒鳴り声を上げる。

「お前、わざわざこんな嫌がらせをする為に……、あひゅっ？」

「ご、ごめんなさい、レオルド。ちょっと失敗しちゃった」

「は、母上ぇっ!?」

思わず後ずさるレオルドは、慌てていたせいで何故《なぜ》か落ちていた石鹸《せっけん》を踏んづけてしまい派手に転んでしまう。不運な事に後頭部を強打して、意識を失ってしまう。最後に聞いたのはオリビアの叫び声であった。

目が覚めたレオルドは勢い良く飛び起きる。いつの間にか、私室のベッドで寝ていたのだ。勿論《もちろん》、全部覚えている。

恐らくだが、オリビアはイザベルを利用してレオルドの入浴中に突撃してきたのだろう。そして、イザベルが話してオリビアが実行する。足音で気付いてもおかしく無かっただろうが、そこはイザベルがオリビアに合わせて一人分の足音のようにしていた。才能を発揮する場所を間違えてはいるが、オリビアの目論見《もくろみ》は見事に達成された。

しかし、最後にオリビアは失敗した。久しぶりに愛息子《まな》の背中を洗っていたら爪を立ててしまったのだ。痛みにより、振り返ったレオルドに全部バレてしまった。

だが、レオルドの方が驚いてしまい、後ずさった時に踏んづけてしまった石鹸により派手に転んで後頭部を強打してしまい意識を失ったのだ。

そう、ここまではレオルドが覚えている範囲だ。しかし、その先はオリビアとイザベルとシェリアしか知らない。

イザベルとシェリアはオリビアの悲鳴を聞いて風呂場に戻って来て、レオルドが倒れておりオリビアが抱えているのを目撃する。

何があったかは分からないイザベルとシェリアだが、大方レオルドがオリビアに気が付いてビックリして転げたのだろうと推測する。大正解だ。イザベルの推測は百点満点である。

一先《ひとま》ずイザベルとシェリアはオリビアと意識を失っているレオルドに駆け寄り、状況の確認をする。

「何があったのですか？」

「レオルドが私に驚いて、後ずさったら石鹸を踏んでしまって転《こ》けちゃったの。その時に頭を強く打ったらしくて……」

「ふむ……」

イザベルはレオルドが生きている事を確認してオリビアを安心させる。

「ご安心を。レオルド様は生きておりますので、奥様は何も心配しなくても大丈夫です。それよりも、先に身体を洗って差し上げましょう。その後、着替えさせてベッドに運びましょうか」

「それは良い考えね！」

「い、いいのかな～？」

年頃の男の子にとっては耐え難い事であった。知らない内に身体を洗われており、着替えまでさせられている。つまり、全身余す事なく見られているのだ。

レオルドはその事実を知り、枕に顔を埋《うず》めて獣のように唸《うな》り声《ごえ》を上げた。

「ぐおおおおっ！！！　殺せっ！　殺してくれぇぇぇえええ！！！」

ちなみにオリビアはレオルドの成長具合に喜んでいた。

「あらあら、まあまあ。うふふ、立派に成長したわね、レオルド」

後にイザベルから、この話を聞いてレオルドは喜怒哀楽の全ての感情を失った。

とんでもないハプニングにあったがレオルドは記憶を封じる事にした。夕食までの空き時間は魔法の鍛錬に費やしていたレオルドの所にイザベルが食事の準備が出来た事を伝えに来る。

「レオルド様。お食事の準備が整いました」

「分かった。すぐに行く」

色々と疲れているので、お腹《なか》が減って仕方がなかったレオルドは、すぐに食堂へと向かう。食堂へと向かう途中、レオルドは昼間に姿を見ていなかったイザベルが何をしていたのか聞いてみる事にした。

「イザベル。お前、昼は何してたんだ？」

「屋敷のお手伝いをしておりましたが、何か？」

「そうか。それならいい」

てっきりイザベルはシルヴィアの元に何か報告にでも行ったと予想していたが、普通に屋敷の手伝いをしていたらしい。少しだけ警戒した自分が馬鹿らしく感じるレオルドだった。

食堂へ辿《たど》り着いたレオルドは、既に家族が揃《そろ》っている事を確認する。前回と同じようにベルーガの近くが空いていたので、そこに座る。

運ばれてきた料理に、レオルドは目を輝かせながら食べる合図を待つ。

そして、ベルーガが一言述べてから、料理へ手を伸ばす。

「では、頂くとしよう」

ゆっくりと優雅に食事を進めていくレオルドにベルーガが声を掛ける。

「レオルド。オリビアから聞いたのだが、かなり厳しい鍛錬を積んでいるそうだな」

「ええ、まあ。でも、母上にも話しましたがアレは日課の鍛錬なので、心配は無用です」

「それは分かりますけど、程々にしてね。大けがでもされたらと思うと、不安で見てられないわ」

「ご安心を。ギルもバルバロトも加減をしてくれますので」

「こればっかり。ベルーガ、貴方からも何か言ってあげて」

恐らくオリビアは、父親《ベルーガ》に一言ガツンとレオルドを叱ってもらいたいのだろう。怒りながらオリビアはベルーガに顔を向ける。

「まあまあ、いい事ではないか。レオルドが頑張っているのだし」

甘かった。やはり、ベルーガもなんだかんだレオルドの成長が喜ばしくあり、頑張っているレオルドを叱りつける事が出来なかった。

「もう！　貴方がそんなだからレオルドも無茶をするのよ！」

「ははっ。オリビア、君の気持ちも分かるがレオルドに今更やめろと言っても聞かないだろう。そうだろう、レオルド？」

「はい。母上にはご心配をお掛けしてしまいますが、私はギルとの鍛錬をやめるつもりはありません」

「全く、どうして男の人ってこうなのかしら！」

オリビアは本気で怒っている訳ではない。ただ、やはりレオルドの身が心配なのだ。ベルーガが注意すれば改善されると思っていたが、ベルーガはレオルドの味方である。

三人が楽しく話している時、カチャンという食器にフォークなどをぶつけた音が鳴る。それも、二つ同時にだ。

そちらに目を向けてみると、レグルスとレイラが不機嫌な顔をしていた。あからさまにレオルドの事を睨《にら》んでいるようだった。

「ご馳走様《ちそうさま》です。僕は部屋に戻って勉強しています」

「私もご馳走様です。母様、父様、レグルスお兄様、それでは」

家族団欒《だんらん》で楽しく食事をと思っていたが、やはりまだ弟と妹との溝は深い。改めて、自分のした事がどれだけ酷《ひど》かったかを、思い知るレオルドは暗くなる。

「気にしないで、なんて言えないわ。でもね、レオルド。あの子達《たち》は本当は貴方の事が大好きなのよ」

「えっ……？　でも……」

「今は貴方の事を恨んでいるけどね。あの子達は、ほら、貴方が少しやんちゃだった頃に、周りの人から色んな事を言われたの。貴方の事も含めてね。だからね、許せなかったのよ。大好きな兄が、変わった事で馬鹿にされるのが。だからこそ、あの子達は馬鹿にされても、平気そうにしている貴方《あなた》がもっと許せなかったの」

「そんな……」

「思い出して、レオルド。小さい頃は、あの子達は貴方にずっとくっ付いていたでしょう？」

言われてみれば、確かに小さい頃の思い出では、レグルスとレイラは何処《どこ》へ行くにもレオルドに付いてきていた。良くも悪くもレオルドは小さい頃から自信に満ち溢《あふ》れており、頼り甲斐《がい》のある兄であった。

ただ、成長するにつれて増長してしまったが、それまでは二人との仲は悪くなかった。

「レグルスもレイラも、貴方の事を馬鹿にされて悔しがって反論してたけど、やんちゃな貴方を見て嫌気が差したのでしょうね。それに、二人は優しいから私達の事も心配していたから、余計に貴方が許せなくなったと思うの」

「……俺は、どうしたら……」

「レオルド。もう分かっているだろう？」

「父上？　どういう事でしょうか？」

「お前は変わった。ならば、貫き通せ。誰にも馬鹿にされないように今のお前を」

「今の俺を……」

「そうだ。失った信頼は、すぐには取り戻せない。だがそれでも、お前が地道に最後まで貫き通せば二人もきっと分かってくれる。だから、レオルド。迷うな。真《ま》っ直《す》ぐに歩き続けろ。それが、唯一にして一番の方法だ」

レオルドは一度視線を下げてから、ベルーガとオリビアに目を向ける。

「はい！　俺はまた、あの二人にとっての自慢の兄になります！」

「うむ。それでいい」

「うふふ。楽しみね。また皆で笑い合える日が来るわ、きっと」

今度は取り戻そう。失ってしまった二人の信頼を。時間は掛かるだろうけど、レオルドは必ず二人と仲直りするのだと心に刻む。

弟と妹といつか仲直りしてみせると決めた翌日、レオルドは清々《すがすが》しい朝を迎えていた。

いつもならば仕事に向かわねばならないが、今は王都の公爵邸に滞在しており国王から褒賞を貰《もら》うまでは休暇のようなものだ。

そのおかげで、朝はなんの気兼ねもなく二度寝する事が出来る。なんて、素晴らしい生活だ。出来る事ならば、一生このままがいいと二度寝の態勢に入るレオルドだったが、それは叶《かな》わなかった。

「朝ですよ、レオルド様」

「……シェリアか。もう少し寝かせて欲しいんだが」

「別にいいですけど、既に旦那様と奥様は食卓についておりますよ？」

「すぐに行くぞ」

気持ちいいくらいに切り替えるのが早いレオルドは、すぐに着替えて食堂へ向かった。

食堂には、ベルーガとオリビアだけで、レオルドはレグルスとレイラについて尋ねる。

レグルスとレイラはレオルドの顔を朝から見たくなかったのか、後で食べるとの事。それを聞いたレオルドは落ち込んだ。

朝食を終えるとレオルドは日課となっている鍛錬に励む。しかし、今回もオリビアが監視しているので、いつものような無茶は出来ない。なので、軽く運動するだけになっていた。

昼まで鍛錬は続いたが、昼食の時間となり休憩となる。昼食の前にレオルドは汗を流す為《ため》に身体《からだ》を洗う。昨日、オリビアが突撃してくるという事があったので、念の為に鍵を掛けてから風呂に入った。

汗を流し、さっぱりとしたレオルドは昼食を取る。しっかりと味わい、満足したレオルドは午後からの事を考える。

午前中と同じように鍛錬にでも費やそうかと思っていたら、ベルーガから爆弾発言が放たれた。

「レオルド。明日なのだが、第四王女殿下《シルヴィア》が、お前に会いに来るそうだ」

「……何の用件で？」

「それは分からない。明日、自分で聞くのだな」

「分かりました」

自室へ戻ったレオルドは、枕に顔を埋める。

（なんで！　なんで俺の所に来るの？　もしかして、転移魔法を復活させた俺の事を調べにか？　分からない。どうして、シルヴィアは俺の所に来るのかが……）

　レオルドはなぜ自分の所に、第四王女であるシルヴィアがやってくるのか分からなかった。確かに、今回は転移魔法の復活という偉業を成したが、わざわざ会いに来る事はないだろうと、レオルドは思っていた。

　しかし、残念ながらそれこそが間違いである。誰もが認めるような偉業を成したのだからこそ、シルヴィアはレオルドに会いに来るのだ。どのような経緯で転移魔法の復活に至ったのかを知るために。

　それから、レオルドは午後の鍛錬へと赴いたが、動きが悪く集中していない事をバルバロトに指摘されてしまう。

「どうしたのです、レオルド様？　朝に比べたら動きがぎこちないですけど」

「むっ……、すまん。悩み事があってな」

「悩み事ですか？　俺で良ければ聞きますが」

「そうか？　なら、聞きたいんだが殿下が俺に会いに来るそうなんだが、どういう事か分かるか？」

「どうやら、俺ではお力になれませんね」

「お、おい！　諦めるんじゃない！　一緒に何か考えるくらいはしろ！」

「無茶言わないで下さいよ！　そもそも殿下なんて、俺からすれば雲の上のような存在ですよ！　俺に分かるはずがないじゃないですか！」

「そうだが、そうなのだが！　少しくらいは一緒に考えてくれ！」

「だから、知りませんよ。自分で考えて下さい」

「ぬおっ！」

カンッとレオルドの手から木剣が弾《はじ》き飛ばされる。ちゃっかりバルバロトは、レオルドの一瞬の隙を見逃す事無く叩《たた》いたのだ。

「隙ありですよ、レオルド様」

ドヤ顔を決めるバルバロトに、イラッとするレオルドは弾き飛んで行った木剣を拾い上げて、鬱憤を晴らすようにバルバロトへ木剣を叩き込んだ。

「うわっ！　ちょっと、再開するなら一言くらい言って下さいよ！」

「ええい、うるさいっ！　戦場で攻撃する時に宣言などする訳がなかろう！」

「なっ！　もしかして怒ってますか？」

激しく攻め立てるレオルドを見てバルバロトは怒っているのかと問い質《ただ》す。

「怒ってなどおらん！」

「でも、先程より動きが雑になってますよ！」

「気の所為《せい》だっ！！！」

一際目立つように木剣を掲げたレオルドは勢い良く振り下ろして、バルバロトを吹き飛ばす。バルバロトは防いだが、木剣を持つ手が痺《しび》れていた。

「っ～！　どう見ても怒ってるよな～」

バルバロトは、レオルドに聞き取れない声で呟《つぶや》く。明らかに怒っているレオルドは、バルバロトがそんな事を呟いたとは知らずに距離を詰めて、再び連撃をバルバロトに叩き込んだ。

多少、動きは雑になっているがレオルドは強い。純粋に力も増しており、一撃が重たい。バルバロトは茶化した事を少し後悔しながら、レオルドの攻撃をなんとか防いでいた。

だが、そのような無駄な動きばかりをしているレオルドは徐々に動きが悪くなり、やがてはバルバロトによって脳天を叩かれてしまった。

こうして、午後の鍛錬は終わり、レオルドは夕食を済ませ、風呂に入り、一日を終える。

明日来るであろうシルヴィアに備えてレオルドは眠るのであった。

深夜、目が覚めてしまったレオルドはベッドから起き上がる。時間は明け方に近いが、まだ日が昇る気配はない。

しかし、目が覚めてしまったレオルドはもう一度寝ようとは思えなかった。今日はシルヴィアの訪問があるからだ。

外に走りにでも行こうかと考えたが、見つかると気まずいのでレオルドは、自室で瞑想《めいそう》を行う事にした。一切の雑念を捨て去り、深く集中する。

体内にある魔力を操作して、魔力への理解を深めていく。瞑想を行う事で強くなる訳ではないが、魔力の理解が深まり魔法の効率が良くなる。

しばらく、続けていたレオルドは閉じていた目に光を感じる。目を開けると、窓から朝日が差し込んでいた。どうやら、日が昇ったらしい。レオルドは長い時間、瞑想を行っていたのだと気が付いた。

「ふう……。さて、少し筋トレしてから汗を流すか」

腕立て、スクワット、腹筋、背筋と筋トレを一通り終えてからレオルドは、風呂場へ向かう。レオルドが風呂から上がると、いつの間にかシェリアが待機しておりタオルと着替えを受け取った。

「ありがとさん」

「相変わらず朝早いですね～。何時に起きてるんです？」

「それは、もちろんシェリアが起きる時間よりずっと前だ」

「ほえ～。眠くないんですか？」

「昔は眠たかったが、今は慣れたさ」

「へえ～。私だったら、ずっと慣れなさそうです」

「ははは、そう言うが、シェリアも十分早起きさ」

着替え終わり、レオルドはシェリアと共に食堂へと向かう。そこには既にベルーガとオリビアがいた。残念な事に今日もレグルスとレイラはいなかったが。

「レオルド。分かってると思うが今日は第四王女殿下が来られる。失礼のないようにな」

「楽しみね～。レオルド」

「まあ、私なりに努力します」

心配なベルーガに上機嫌なオリビア。それぞれの反応を見せる二人にレオルドは、笑いながら食事を進めていく。

朝食が終わり、レオルドは自室で魔法の勉強をする。得意な雷属性、利便性の高い土属性、最も使用している水属性と。ゲームでは無かった魔法をレオルドは習得していく。

やがて、運命の時は訪れる。レオルドの部屋がノックされた。どうやら、ついにシルヴィアが来たようだ。

覚悟を決めてレオルドは部屋を出る。

シェリアに連れられて、応接室へと向かうと、そこには、シルヴィアがソファに座っており、その後ろには、護衛の騎士と侍女が控えている。その反対にベルーガとオリビアが座っており、シルヴィアを歓迎していたようだ。

その二人はレオルドが来たので席を外し、退室する。

「それでは、シルヴィア殿下。レオルドも来ましたので、私達《たち》はこれにて失礼させて頂きます」

「はい。またお話ししましょう。ハーヴェスト公爵、オリビア様」

両親が席を外した後に、レオルドは入室すると、まずシルヴィアに頭を下げて挨拶をする。

「わざわざ足を運んで頂き、ありがとうございます。本日はよろしくお願い致します」

「こちらこそ、急な訪問にも拘《かかわ》らず、お時間を作って下さり、ありがとうございます」

レオルドはソファに座り、シルヴィアと対面する。シルヴィアと目が合うと微笑《ほほえ》んで来たので応えるようにレオルドも笑う。

（いい性格してやがるぜ～！）

腹の中ではどす黒い事を考えてるに違いないとレオルドは確信する。

（うふふ、レオルド様は分かりやすいですわね。嫌がっているのが、手に取るように分かりますわ）

勿論《もちろん》、レオルドもそう簡単には伝わらないように表情を誤魔化しているが、相手はシルヴィアだ。王家の一員として、多くの貴族と渡り合ったシルヴィアにはレオルドの腹芸など通用しない。

「それで、本日はどういったご用件で、私に会いに来られたのでしょうか？」

「それは勿論、転移魔法の事についてですわ」

「やはり、そうですか。それで、殿下は何が知りたいのでしょうか？」

「そうですわね。どのような経緯で転移魔法の復活へ至ったかですわ。その辺りを、詳しくお聞かせ願えたらと思います」

（やばいな。この感じだと、既にイザベルから、ある程度の情報は渡ってるか？　そうだとすると、ちょっと不味《まず》いな）

シルヴィアの発言を聞いて、レオルドはシルヴィアがイザベルから、ある程度の情報を受け取っていると推測する。

「はは。なに、簡単な話ですよ。ゼアトの近くで見つかった古代遺跡に、たまたま転移魔法陣が眠っていただけの話です」

「そうですか。では、どのようにして、古代遺跡を発見なされたのですか？」

「調査隊を派遣したのです。ゼアトは広大な土地ですからね。何か、お宝が眠ってるのではと思いまして」

無論、嘘《うそ》である。レオルドは真人《まこと》の記憶にある運命48《ゲーム》の攻略知識で古代遺跡がゼアトにある事を知っていたので、調査隊など派遣していないどころか編成もしていない。

当然、この事は誰も知らない。レオルドが秘匿しているのだ。だから、イザベルも把握しておらず、シルヴィアには伝わっていない。が、調査隊が存在しない事をイザベルは突き止めているので、当然シルヴィアには知られている。

「へえ。それは凄《すご》いですね。レオルド様には、先見の明があるのですね」

お淑《しと》やかに笑っているが、目が笑ってない。レオルドもその事に気が付いており、返答を間違えた事を知った。

（あ、ミスった。多分、これ知ってるわ。俺が調査隊なんか派遣してない事。イザベルが報告したんだろう。しかし、指摘してこないという事は、確かな証拠がないからかな？なんにせよ、受け答えはしっかりしないといけないな）

侮れないシルヴィアの情報網にレオルドは気を引き締める。

「次にお聞きしたいのですが、レオルド様は古代語などを解読出来るのですか？」

さてどう答えたものかと、レオルドは頭を悩ませる。イザベルからどれだけシルヴィアが情報を受け取ってるか知らないが、恐らく確信を持って、レオルドに尋ねているのだろう。

ここで、返答を間違えればシルヴィアに何を言われるか分からない。慎重に言葉を選んでレオルドは、ゆっくりと言葉を紡いでいく。

「まあ、簡単なものでしたら、なんとかといったところでしょうか」

「簡単なものとは、具体的にどれほどのレベルなのです？」

「ちょっとした単語ぐらいですね。流石《さすが》に古代の書物を読み解けるレベルではないです」

「それで、今回の転移魔法も復活させる事が出来たという事ですか？」

「ええ、まあ、その通りです」

考える素振りを見せるシルヴィアに、レオルドは流石に苦しかったかと内心不安に思っている。

「そうですか。ちょっとした単語ならば解読は出来ると……。なるほど、分かりましたわ。

レオルド様は博識なのですね」

本日一番の笑みを見せるシルヴィアに、レオルドは鳥肌が立ち背筋が震えた。何か起こしてはいけないものを、起こしてしまったかのような恐怖がレオルドを襲う。

（な、なんだこの悪寒は……？　まさか、シルヴィアからか？）

背筋を震わす悪寒の出処《でどころ》を探すレオルドは、シルヴィアに目を向ける。相変わらず、可愛《かわい》い笑顔をこちらに向けており毒気を抜かれそうになるが騙《だま》されてはいけない。

（あれは……、ますます興味を持った目だ！）

レオルドは確信する。シルヴィアは、今の話を聞いて、さらに自分へ興味を抱いた事を。恐らく、レオルドが持つ秘密を解き明かすまで、シルヴィアはレオルドを逃しはしないだろう。

（勘弁して下さい！　こっちは生き残るのに必死なかませ犬なのよ！　これ以上、虐《いじ》めないで！）

心の中で泣いて懇願するが、その願いが届く事は決してない。もうレオルドがシルヴィアから逃れる事は不可能だろう。それこそ、死なない限りは。

（ううぅ……ッ！　あんまりだ！）

レオルドの内心など知らず、シルヴィアは立ち上がり、帰る事を伝える。

「本日は、とても興味深いお話が出来て、大変満足ですわ。レオルド様、またお会い出来るのを楽しみにしております」

「私の方こそ、殿下とお話し出来て光栄にございます」

そう言って頭を下げているレオルドの顔は引き攣《つ》っていた。碌《ろく》な未来が待っていない事を予期して。

それから、シルヴィアは護衛の騎士と侍女を引き連れて、公爵邸を去っていく。レオルドは、シルヴィアが乗っている馬車が見えなくなるまで、ずっと手を振っていたが、内心ではさめざめと泣いていた。

（また来るんだろうな～～～）

こうして、レオルドとシルヴィアの対談は終わりを告げた。

馬車が見えなくなり、レオルドはようやく肩の荷が下ろせると、背筋を伸ばして息を吐いた。レオルドが、背筋を伸ばして、深呼吸をしていると、一緒にシルヴィアを見送っていたベルーガとオリビアがレオルドに話しかける。

「レオルド。殿下とは、どのような話をしたのだ？」

「え？　まあ、そうですね。今回の転移魔法の件についての詳細といったところでしょうか」

「ふむ。それだけか？」

「それだけですよ。何か他にあると思ったのですか？」

ベルーガは少し言いにくそうにしていたが、代わりにオリビアが答えた。

「縁談ではなかったの？」

その一言にレオルドは、「ぶふぉっ！」と大きく息を吐く。

「何を言ってるんですか！　殿下が私となんてあり得ないですよ！」

「そう？　以前パーティでも仲良さそうにしていたじゃない？　可能性はあるでしょ？」

オリビアの言う事は、あながち間違いではない。レオルドは、過去に元婚約者《クラリス》を襲って、婚約破棄しているが、それは最早《もはや》些《さ》細《さい》な事でしかない。歴史を見れば、レオルドよりも遥《はる》かに凶悪な犯罪者もとい貴族は多い。

だから、元婚約者を襲った過去があれど、今回の転移魔法の復活を成し遂げた功績は、レオルドの悪行を帳消しにするくらいはある。

それに加えて、レオルドは改心していると言っていい。真人の記憶と人格が融合したおかげで、今のレオルドはどちらかというと善人に近い。

ならば、結婚に対してのデメリットはない。むしろ、誰も成し遂げられなかった偉業を成しているのだから、引く手あまただ。

勿論、その中には王家もいるのは考えるまでもないだろう。

「そりゃ、可能性はあるでしょうけど……。そうすぐには来ないでしょう？」

「いい、レオルド？　貴方《あなた》が成した事は、貴方が想像している以上に、すごい事なの。だから、そういう考えは捨てた方がいいわ」

「し、しかし、私は悪い意味でも有名ですし……」

どうしてもレオルドは結婚したくないのか、否定的な意見ばかりを口にする。

「そうね。でも、過去を帳消しにするくらいの事を貴方は成したの。少しは自覚しなさい」

ピシャリとオリビアに指摘されたレオルドは、何も言えずに口を閉ざしてしまう。

(母上の言ってる事は正しい。でも、俺は結婚なんて、まだ考えられない。でも、この世界じゃ、俺くらいの年齢で結婚するのは不思議な事じゃない。実際、俺にも婚約者がいたし)

結婚にたいして、レオルドはあまり乗り気ではない。そもそも、レオルドは生き残る事を最優先としているので、女性に現《うつつ》を抜かしている場合ではない。

だが、レオルドもやはり男なので、シルヴィアのような可憐《かれん》な女性から迫られれば満更でもないのだ。もっとも、シルヴィアの性格を知ったレオルドは、シルヴィアの事を避けているが。

ただ、やはり避けていると言っても運命48《ゲーム》で人気だったサブヒロインだ。レオルドも嫌いではない。そう、重要なのが嫌いではないという事だ。つまり、心変わりする事がある。そうなれば、レオルドもシルヴィアを意識せざるを得ないだろう。まあ、既に、ある意味意識していると言ってもいいが。

丁度、レオルドがシルヴィアについて考えている頃、馬車の中でシルヴィアはレオルドとの対談の事を思い出して、上品に口元を隠しながら笑っていた。

「んふふふ。レオルド様ったら、ああも露骨な嘘を仰《おっしゃ》って、面白い事。バレてないと思っているのかしら？　ふふっ、ますます興味が出てきましたわ。レオルド様、貴方が何を企《たくら》んでいるのか。必ず、突き止めてみせますわ。だから、どうか、それまで今のままでいて下さいまし」

馬車の窓から外を眺めるシルヴィアは、目を細めながら笑う。完全に狙いをレオルドに定めており、決して逃す気はないようだ。

その様子を見ていた侍女は、小さく溜息《ためいき》を吐《つ》く。可哀《かわい》そうなレオルド・ハーヴェスト。シルヴィアに目を付けられた以上、平穏な時間は訪れない事を知っている侍女は、レオルドを憐《あわ》れに思うのであった。

「さあ、早く帰って、レオルド様に集《たか》る虫を駆除しましょうか。うふふふ………」

妖艶に笑うシルヴィアは、持てる力全てを使って、レオルドに迫る貴族を減らすつもりだ。ハニートラップや賄賂などでレオルドを取られてはならない。その為《ため》なら、金銭や労力は惜しまない。

何故《なぜ》ならば、今が最も楽しいからだ。だから、誰かにレオルドを取られてはならないと、シルヴィアは決意する。

シルヴィアを見送ったレオルドは自室へ戻ろうとした時、妙な悪寒が背筋を走り、ぶるりと体を震わせる。

「なんだ？　何か嫌な予感がするんだが……、気のせいか。最近、冷えてきたから、そのせいだろう」

何も知らないレオルドは、いつもの日課を済ましてから、眠りにつくのであった。

第四話 ✧ 世界最強の魔法使い

色濃い日々を送っていたレオルドは、ようやく転移魔法の復活を成した功績についての褒賞が用意出来たとの事で王城へ呼ばれる。

王城の廊下を歩いている時やけに視線が気になったレオルドは、不快に感じながらも真《ま》っ直《す》ぐに玉座の間へ向かった。

今回も以前のように主役であるので、玉座の間に続く巨大な扉が開くのを待った。レオルドが少し待っていると、大層な音と共に扉が開く。

扉が開くと同時にレオルドは、堂々と中央のレッドカーペットを歩き、玉座の前へと進んで行き、国王の眼前で跪《ひざまず》く。忠義を示したレオルドに国王は頷《うなず》き、褒賞を与える事を宣言する。

「これより、転移魔法の復活を成し遂げたレオルド・ハーヴェストに褒賞を与える。まずは一億B《ベイン》、次に子爵位を与え、最後にゼアトの領地を与える。異論はないか？」

誰も異論は無かった。むしろ、異論など挟む事が出来ない。レオルドが成した功績は、あまりにも大きいからだ。それに異論を唱えたとしても、返り討ちにされるのが目に見えている。

だから、ここは何も言わないのが正解だ。そして、後々レオルドと接触して縁を結んで

おくべきだろうと、多くの貴族が同じ事を考えていた。

今後の事を考えればレオルドには多大な利益が巡ってくるだろう。それを逃す手はない。媚《こび》を売ってでもレオルドと仲良くするべきだと、貴族達《たち》は画策している。

「次に転移魔法については我が国の学者達が研究を行っている。恐らくだが、近い内に転移魔法は普及されるだろう　その際には転移魔法を活用した公共事業を行うつもりだ。そして、転移魔法による公共事業で得た利益の内、二割をハーヴェスト子爵へ褒賞として与える事に決めた。異存は無いな？」

これには静観していた貴族達も驚き、玉座の間は騒然となる。国が主導して行う事業に加えて転移魔法の活用だ。どれだけの利益が生まれる事になるかは容易に想像出来る。

舗装もされていない危険な道を騎士という護衛を雇って無駄に金を払うよりは、多少高く金を払う事になっても転移魔法を利用するだろう。

それに加えて商人がどれだけ金を落とすかは目に見えている。商人達は品物を輸入したり輸出したりするのだから、使用頻度は極めて高いはずだ。

まだ、具体的な事は何一つ分かっていないが、転移魔法が普及すれば莫大《ばくだい》な利益が生まれ、その内の二割がレオルドの懐に収まるようになる。流石《さすが》に個人が得ていいものではないと多くの貴族たちは反発する。

「陛下。恐れながら個人が得るにはあまりにも大きいものかと。これではレオルド殿に国の財産が集中してしまう恐れがあるのでは？」

「ふむ。しかし、レオルドの成した功績を考えてみれば当然のものと言えるが？」

「転移魔法の復活は確かに歴史的偉業とも言えましょう。ですが、そこまで褒美を与えるほどではないと思います。既に一億Bに子爵位と領地まで与えているのですから、多すぎるかと」

「ならば、お前ならばどのような褒美を与えれば転移魔法の復活に相応《ふさわ》しいと？」

「ですから、先程、陛下が仰った三つで十分だと思うのです」

「そうか。一つ聞きたいのだが、お前は自分が転移魔法を復活させた褒美として満足出来るか？」

「勿論《もちろん》でございます。文句の言い様がありません」

良く口が回る事だとレオルドは感心していた。実際、反発している貴族も体《てい》のいい言葉ばかり並べている。本当に当事者になったら、不満タラタラで文句を言うに違いないと、レオルドは鼻で笑っている。

レオルドは、爵位に領地を貰《もら》えるので転移魔法による公共事業が得られる利益二割を領地改革に費やしたいと考えている。

だから、ここで邪魔をされるのは許しがたい事だった。しかし、反論しようにも敵が多すぎる。ならば、ここは静観して国王に全て委ねるべきだとレオルドは、事の成り行きを見守る。

「そうかそうか。ならば、お前には転移魔法で得られる利益は回さなくてもいいな」

「は？」

「そうだろう？　先程、自身が言っていたではないか。自分には不要だと」

「あの陛下……？」

「まだ具体的な案は出来ていないが、転移魔法が普及した場合は使用料を取るつもりだ。その際には治めている領主にいくらかは還元するつもりだったが……、先程の発言を聞く限り必要なさそうだな」

　貴族達に動揺が走る。国王の言う通りであれば自分達にも利がある。レオルドに比べれば少ないかもしれないが、十分に期待は出来るだろう。

　しかし、それが無くなろうとしている　これはいけない。反発していた貴族達は手の平を返すようにレオルドを褒め称《たた》える。

　耳障りな言葉にレオルドは、溜息を零《こぼ》す。貴族とはこういう生き物だと知っていたし、真人《まこと》の記憶でも政治家は汚職まみれだった。だから、過度な期待はしてはいけないのだ。

「では、これにて謁見を終わりとする」

　やっと息苦しい時間が終わったと安堵《あんど》するレオルドであったが、この後に転移魔法復活を祝う式典があると知って落胆する。

　恐らくだが、多くの貴族が群がってくる事だろう。前回は馬鹿にしていた者達も、態度を変えて近付いて来る事間違いなしだ。

　そう考えるとレオルドは、復讐《ふくしゅう》心が湧き起こる。先日、自分を見下した者と馬鹿にした奴《やつ》らに復讐してやろうと決めたばかりだ。

器が小さいレオルドだが、やり返した所で罰は当たらない。当然の権利なのだから。

そう思うと少しだけ気が楽になり、楽しくなってきたレオルドは胸躍るのであった。

式典の為にレオルドは着替えて、家族と合流する。相変わらず冷たい視線を送ってくる弟と妹。だが、母親から二人の事を聞かされているので今までのような不快感は一切ない。

（いつか、また慕ってもらえるように頑張るから、見ていてくれ）

二人と必ず仲直りすると決めたのだから、二人を責める事などしない。過去の自分が壊してしまった兄弟仲をレオルドは、また築き上げる為に頑張るのだ。


ハーヴェスト一家は式典の会場へと向かう。

会場には、既に多くの参加者が集まっていた。そして、レオルドが会場に入場すると、予想していた通りレオルドの元に多くの人間が集まる。

煩《わずら》わしいが無視をする訳にもいかないので、レオルドは作り笑いを顔に貼り付けながら、一人一人に挨拶を返していく。

ようやく、挨拶が終わったかと思えば今度は娘アピールが始まった。

「レオルド殿。貴殿は婚約者がいないと聞きました。どうですかな、うちの娘などは？」

先程からずっとこれだ。いい加減に鬱陶しくなってきたレオルドは、作り笑いが徐々に崩れ始めそうになっている。ヒクヒクと頬が引き攣《つ》り、いつ怒っても不思議ではない。

　残念な事に相手は気付かない。自分の娘を婚約者にして甘い蜜を啜《すす》ろうと、レオルドの下《もと》へどんどん人が群がる。いくらなんでもこれは無理だ。

　この人数を相手にずっとは作り笑いをしていられない。レオルドは耐え切れずに、適当な言い訳をしてその場から逃げる。

「はあ～……、疲れた。ったく、綺麗《きれい》に手の平を返しやがって。お前らが散々馬鹿にしてきたくせに。まあ、当然か」

　一先《ひとま》ずレオルドは休息を取る。給仕係から飲み物を受け取り、喉を潤してから食事を取り皿に取っていく。

　すると、その最中に以前レオルドの事を馬鹿にしていた貴族を発見する。向こうはレオルドに気が付いていない。今が復讐する絶好の機会だ、とレオルドは自然と笑ってしまう。

「これはこれは、お久しぶりです。貴方《あなた》も参加していたのですね」

　以前自分を馬鹿にしていた貴族に声を掛けるレオルドは、満面の笑みを浮かべている。対してレオルドを馬鹿にしていた貴族は、声を掛けられて振り向いた瞬間、レオルドだと分かると、面白いくらい顔を真っ青にした。

「おやおや？　顔色が悪いようですがお体でも優れないので？」

「い、いえ、こ、これはですね……」

　あからさまに動揺している貴族に、レオルドは笑いが止まらない。

しかし、同時にこの程度の人間に好き勝手に言われていたのかと思うと、レオルドは酷《ひど》く虚《むな》しくなった。

「もしや、金色の豚が目の前にいるのが原因ですかな？」

「そ、そのような事は決してございません！　レオルド様にあっては大変素晴らしい御方《おかた》だと思っております」

「本当にそう思っています？」

「は、はい！」

「そうですか、そうですか……。言っておくぞ。お前が以前俺の事を馬鹿にしていた事は覚えている。だから、肝に銘じておけ。次はこの程度では済まさん」

怯《おび》えている貴族の耳元に、レオルドは顔を近付けて小さな声で脅した。それを聞いた貴族は真っ青だった顔から真っ白に染まり、壊れた人形のように首を縦に振っていた。

「さっさと消えろ。俺の前に現れるな」

レオルドを馬鹿にした貴族はドタバタと慌てるように会場を出て行った。それを見たレオルドはスカッとした。それから、復讐が出来たので満足したように息を吐いた。

（ふう。スッキリした。あと、何人かいるけど、さっきのやり取りを見てた奴は勝手に消えたな。まあ、これくらいで十分か）

小さな復讐は終わった。胸の内に溜《た》まっていたモヤモヤもなくなったレオルドは、これで気持ちよくご飯が食べられると取り皿にたっぷりと料理を載せて楽しんだ。

レオルドが料理に舌鼓を打っている時、見知らぬ女性陣が近付いて来る。レオルドが目を向けると、同年代に見える容姿端麗な女性達がいた。

何事かと思ったが、レオルドは先程の事を思い出す。恐らく、彼女達は親の指示でレオルドに近付いたのだろう。

「お初にお目にかかります。私は――」

連続する自己紹介にレオルドは、情報の処理が追いつかない。そもそも、自己紹介などされても困るのだ。大方、親から媚《こび》を売るように言い付かっているのだろうが、レオルドには通用しない。

残念ながらレオルドは女性に現《うつつ》を抜かしている暇などない。勿論、女性に興味がないという訳ではない。

ただ、好みの問題であった。今、レオルドの前にいる女性陣も見目麗しい者ばかりであるが彼の心は動かない。

(綺麗なんだけどな～。やっぱり見た目だけならシルヴィアなんだよな～)

女性陣の前で俗な事を考えていた。しかし、レオルドの言う通り、目の前の女性よりもシルヴィアの方が綺麗なのは確かであった。

レオルドはわざわざ挨拶に来てくれた女性達を無下には出来ないので、当たり障りのない会話でその場を乗り切った。

女性達と別れたレオルドは、給仕係から飲み物を受け取り、喋《しゃべ》りすぎて疲れていた喉を癒す。

しかし、今回はなんと言ってもレオルドが主役であるので絶え間なく色々な人とレオルドは話す事になった。

作り笑いばかりで頬の筋肉が固まってしまい、永遠に笑い続けるのではないかとレオルドは、想像してしまう。

それはゾッとするような光景だ。一生ニコニコと微笑《ほほえ》む自分など、気持ち悪くて仕方がない。そんな未来は望んでいないレオルドは、早く式典が終わる事を願うのであった。

それからも、どんどん押し寄せてくる貴族に、レオルドは頑張って対応していた。

そして、人の波がやっと途切れて、休憩出来ると喜んでいた束《つか》の間《ま》、レオルドにとっては会いたくない人達と相対《あいたい》する。

「ヴァネッサ伯爵……っ！　ご無沙汰しております」

レオルドの前に現れたのはヴァネッサ伯爵夫妻。二人はレオルドの元婚約者、クラリスの両親である。そして、レオルドにとっては義理の親になっていたかもしれない相手だ。

思わずレオルドは怖気付《おじけづ》いてしまったが、すぐに取り繕い挨拶をした。

しかし、ヴァネッサ伯爵からの返答はない。やはり、クラリスにした事を今も怒っているのだろうとレオルドは目を閉じる。

まだ、真人の記憶が宿る前にレオルドは、クラリスに対して酷い事を沢山してきた。爵位が上であり、クラリスが大人しい性格をしていたからレオルドは余計に凶暴となってしまった。

　さらには、学園という親の目が届き難《にく》い場所も相まってレオルドの行いは酷くなる一方であった。

　そして、無理矢理クラリスに肉体関係を迫って、断られた腹いせに仲間と共に襲った。

　しかし、その途中に運命48《ゲーム》の主人公であるジークフリートによって阻止される。邪魔された事に腹を立ててレオルドはジークフリートと決闘を行い、敗北して今に至るのだ。

　確かにレオルドは変わったが、過去の罪が消えた訳ではない。今、レオルドの前には過去の罪が姿を現したという事だ。

「久しいな、レオルド君。君に会うのはいつぶりだろうか」

「一年以上かと……」

　過去のレオルドはクラリスの実家に顔を出すのを面倒くさがっていた。そのせいで、ヴァネッサ伯爵と対面するのは凡《およ》そ一年ぶり。

　気まずい空気が流れて、周囲の者達《たち》もレオルドとヴァネッサ伯爵に確執がある事は知っており、近寄れないでいた。

「今日は目出《めで》たい日だ。だから君への恨《うら》み辛《つら》みは忘れよう」

「……その節は誠に――」

「謝るな。謝ってもらった所で君を許しはしないし、娘の傷が消える事はない」

「……はい」

「一つだけ言わせて欲しい——、どうしてもっと早くに変われなかったのかと……。それだけだ」

「ッッッ……」

その問いにレオルドが答える事は出来ないし、どうする事も出来ない。今のレオルドは真人の記憶が宿ったおかげであるのだから、過去を悔いても変える事は出来やしないのだ。

無責任な事を言うようだが、運が悪かったとしか言えない。

（改めて言われるとキッツイな～）

過ぎ去っていくヴァネッサ伯爵の背中を見つめながらレオルドは酷く落ち込む。

流石《さすが》に今の状況でレオルドに話しかけるような人間はいなかった。

だが、いつまでも凹《へこ》んではいられないと、レオルドは気を持ち直して、顔を上げる。丁度、そのタイミングで国王が入場してきた。

レオルドも挨拶へ向かい、少しだけ話をする。

「楽しんでいるか、レオルド？」

「はい。勿論《もちろん》です。私の為《ため》に、このような催しを開いて下さり、本当にありがとうございます」

「なに、気にするな。この程度どうという事はない。むしろ、お前が成した事は国を挙げて祝ってもいいくらいなんだぞ？」

「それは流石に遠慮します。私は十分満足していますので」

「そうか。私としてはやってもよかったのだがな」

その後、国王と別れてレオルドは、会場の隅に移動していたところを、シルヴィアに捕まってしまう。

「あら、どちらへ行かれるのですか？」

「少々、お手洗いにでも行こうかと」

「出入り口とは反対方向に向かっていましたのに？」

（ちっ、良く見てやがる）

内心で舌打ちをするレオルドは、誤魔化すように微笑んだ。

「酔ってしまったかもしれませんね」

「でしたら、私がお支えしますわ」

レオルドが逃げ出そうとしているのを見抜いているシルヴィアは、がっしりとレオルドの腕を摑《つか》んだ。

傍《はた》から見れば恋人のように腕を組む二人。主役であるレオルドに第四王女として有名なシルヴィアだ。当然、注目の的である。

それに加えて、前回の二人が見せたダンスが目に焼き付いていたままである。

多くの者が勘違いをした。二人は恐らく相思相愛なのだと。

あながち間違ってはいない。シルヴィアはレオルドの事を考えてるし、レオルドもシルヴィアと関われば彼女の事ばかりが頭に浮かぶ。

ただ、愛がないだけだ。

「殿下。婚約者でもないのに腕を組むのはどうかと思うのですが？」

「いいではありませんか。私とレオルド様の仲を見せ付けるいい機会ですわ」

（こ、この野郎！　可愛《かわい》いからって調子に乗るんじゃねえぞ……！）

陥落寸前である。中身がどうのこうの言っているがレオルドは、シルヴィアの魅力には抵抗出来ないでいた。

（うふふふ。逃がしませんわよ、レ・オ・ル・ド様）

男と女の熾烈《しれつ》な駆け引きが始まろうとしていた。

「おっと、忘れていました。殿下、私はまだ挨拶をされていない方がいますので」

「私もご一緒しますわ。まだレオルド様は酔いが醒《さ》めていないご様子ですから」

腕を握る力が強くなる。レオルドは、この細い腕のどこにこのような力を秘めているのかと驚いている。

シルヴィアも決して離すまいと力を込めている。恐らく、人生で一番力を込めているだろう。ここで、レオルドを逃がせば、恐らく次は捕まえる事が出来ないと、シルヴィアは思っている。

「殿下と少しお話をしていたら酔いが醒めましたので結構ですよ」

「ああっ、ごめんなさい。私、少し気分が……」

ワザとらしくフラついたシルヴィアは、レオルドにしなだれる。完全に演技であるがレオルド以外には分からないものだった。

（くっ、可愛い……ッ！）

分かっていても抗《あらが》えない魅力にレオルドもたじたじである。いっその事受け入れてしまった方がいいのかもしれない。

男と女《レオルド　シルヴィア》の熾烈な駆け引きが続いている中、唐突に音楽が鳴り始める。

以前と同じような流れにレオルドは毒気を抜かれて、シルヴィアを引き離す事を諦めた。

そして、前と同じようにシルヴィアへダンスを申し込む。

「どういう風の吹き回しでしょうか？」

「……打算ですよ。ここで殿下と別れれば私は多くの女性にダンスを求められるでしょうから」

「ふふっ、そうですわね。本当なら、ここでレオルド様を困らせてあげたいのですけれど、私もまたレオルド様と踊りたいと思っていますわ」

「なら、返事は了承という事でいいですか？」

「ええ、喜んで」

先程まで追いかけっこをしていたような二人だったが、今は思いが一致している。

鮮やかに、美しく、艶《あで》やかに、会場の人間を魅了していく二人のダンス。

「あの殿下？　先程から、お腹《なか》の辺りを触るのはやめて頂けませんか？」

ダンスの最中にレオルドは小声で、自身のお腹を触っているシルヴィアに止《や》めるよう声を掛ける。

「お嫌でしたか？」

「嫌というよりは、気になってしまいます」

「それは、ごめんなさい。以前のレオルド様に比べて、随分と逞《たくま》しくなっていましたので」

「まあ、鍛えてますからね」

「さぞ努力した事でしょうね。ですが、私、以前のプニプニとしたレオルド様のお体も好きでしたよ？」

（騙《だま》されるな、オレェッ！　シルヴィアが言っている好きは、ペットに言うような意味だ！　だから、断じて俺の事が恋愛的な意味で好きじゃないんだ！）

シルヴィアの好きという一言に、コロッと騙されそうになるレオルドは、必死に否定する。

邪念を払うようにレオルドは、ダンスに集中する。シルヴィアは、必死になって思考を切り替えようとしているレオルドを見てクスリと笑う。

やがて、曲が終わりダンスも終わりを告げた。

そして、前回以上に拍手の嵐が巻き起こり、二人は一礼して他の者に場所を譲った。多くの拍手に見送られて、レオルドとシルヴィアも見物客となる。

「ふふ。レオルド様とのダンスはとても楽しいですわ。また、踊って頂けませんか？」

何の打算もなく純粋に楽しかったと思っているシルヴィアはレオルドに約束を求める。

「……私でよければ、いずれ必ず」

レオルドも踊っている最中は悪い気はしなかった。途中、多少心が乱されたが、本当に楽しそうに踊っていたシルヴィアにレオルドは絆《ほだ》されつつあった。

「次が楽しみですわね、レオルド様！」

シルヴィアは本当に嬉《うれ》しそうに笑う。今のシルヴィアは何一つ偽っていない。心の底から、レオルドとのダンスを楽しみにしている。

そんなシルヴィアを見て、レオルドは心が乱される。

（落ち着け～、落ち着け～、俺ッ！）

年相応の反応を見せるシルヴィアは強敵であった。恐らく、こういう部分だけを見せ付けられれば、レオルドは呆気《あっけ》ないほど簡単に落とされていただろう。

レオルドが乱れた心を静めているとき、シルヴィアも心臓をバクバクさせていた。

（私、何を言っているのかしら……！　いけませんわ！　私はレオルド様が困っている姿を見るのが楽しくて仕方がないだけでしたのに……。でも、先程のダンスは本当に楽しかった。それに以前に比べてレオルド様ったら、筋肉がついてて男らしくなっていて……、横顔が素敵でしたわね……）

どうやら、レオルドも負けじとシルヴィアをときめかせていた。元々、シルヴィアはレオルドに興味を抱き近付いた。

レオルドの事をどんどん知る事になり、興味が尽きないでいた。さらには、転移魔法を復活させると言った偉業を成し遂げて、ますます興味が尽きない。

それはつまり、レオルドの事が気になって仕方がないと言ってもいい。

恋とはそういうものではないだろうか。

興味が湧いて知りたいと近付き、その人の事ばかりを考えるようになり、自然と目で追いかけてしまう。

ふとした瞬間、その人の魅力に気が付き、恋に落ちてしまう事もあるだろう。

今のシルヴィアにはまだ分からない。この胸の高鳴りは嗜虐心《しぎゃくしん》なのか、それとも――

「殿下？　先程からお静かですが、本当に気分が優れないのですか？」

腰を曲げてシルヴィアの顔を覗《のぞ》き込んだレオルドは、先程から沈黙しているシルヴィアに声を掛ける。

「ひゃっ!?」

「ひゃっ？　大丈夫ですか、殿下？」

可愛らしい悲鳴を上げてレオルドから逃げるようにシルヴィアは後ずさる。しかし、そこで不幸な事が起こる。

たまたま後ろを歩いていた給仕係に後ずさったシルヴィアがぶつかり、給仕係が運んでいた飲み物が零《こぼ》れてしまう。

それを見たレオルドが咄嗟《とっさ》に手を伸ばしてシルヴィアを抱き寄せる。そのおかげでシルヴィアのドレスが濡《ぬ》れる事はなかった。

「怪我《けが》はありませんか？」

「はわ……！」

「はわ？　お腹ですか？」

腹と聞き間違えるレオルドに抱き寄せられたシルヴィアは爆発寸前である。もうこれ以上は耐えられない。悲鳴を上げるまで残り三秒を切った所で、助け舟が現れる。

「申し訳ございません！　私が不注意なばかりに！」

先程、シルヴィアとぶつかってしまい、飲み物を零してしまった給仕係が二人に頭を下げる。とりあえず、レオルドはお互いに怪我はなかったので給仕係を許した。

「気にするな。それよりもレオルド様のお手を煩わせる訳には！」

「い、いえそんな！　レオルド様のお手を煩わせる訳には！」

「こちらが悪かったのだ。これくらいはやらせてくれ」

何度も頭を下げる給仕係と一緒にレオルドは落ちて割れてしまったグラスを片付ける。その様子をシルヴィアは茫然《ぼうぜん》とした様子で見ているだけであった。

大きな騒ぎにはならなかったが、注目を浴びてしまったレオルドは騒がせてしまった事を詫《わ》びて、シルヴィアを連れてその場を離れる。

（う～ん。さっきからシルヴィアの様子がおかしいな。なんか反応もおかしかったし）

レオルドは未《いま》だに気が付いていない。シルヴィアが心境の変化でポンコツになってしまった事に。

（あわわわ……！！！）

聡明《そうめい》な彼女はどこへやら。既にシルヴィアはポンコツ化しており、何も考えられないでいた。計算づくしで行動してレオルドを弄ぶはずだったのに、何故《なぜ》こうなってしまったのか。

良くも悪くもシルヴィアはレオルドに振り回されるのであった。

ポンコツと化したシルヴィアを連れてレオルドは会場を出ようと歩いていた。しかし、やはり主役であるので一々呼び止められてしまう。

何故かシルヴィアも使いものにならないので、レオルドは一人で対応している。最早《もはや》、シルヴィアはレオルドに引っ付いているマスコットになっている。

「殿下、調子が良くないのであれば一度会場から出た方がよろしいのでは？」

「えっ、あっ、そ、そうですわね！　でも、大丈夫ですわ！」

明らかに良くないように見えるが、本人が大丈夫と言っているのでレオルドもそれ以上問い詰める事はしなかった。

「そうですか。ですが、これは無理だと判断したら直《す》ぐにお知らせ下さいね」

「はうっ……！」

気遣ってくれるレオルドにシルヴィアは胸を締め付けられる。優しいレオルドにシルヴィアはキュンキュンだ。

とは言ってもレオルドは臣下として王女《シルヴィア》の身を案じるのは当然なのだが、シルヴィアはそこまで考えが至らないでいる。

突然、胸を押さえるシルヴィアを見てレオルドは、やはり只事《ただごと》ではないと真剣な表情で彼女へ問い詰める。

「シルヴィア殿下!? やはり、お身体《からだ》が！」

「だ、大丈夫ですわ……お気になさらず……」

「しかし……」

「大丈夫、大丈夫ですから……」

「分かりました。そこまで言うのなら」

食い下がっていたレオルドだが何度も大丈夫だと連呼するシルヴィアを見て引き下がる。

（いけません……。一度意識してからは動悸《どうき》が収まりませんわ……）

今も心臓がうるさいシルヴィアは、まともにレオルドの方を見る事が出来ない。これまで多くの男性から縁談を持ち掛けられ、あしらって来たシルヴィアだが、ここまで男性に心を掻《か》き乱されたのは初めての事であった。

だから、どのようにこの気持ちを鎮めればいいのか分からないのだ。

（どうしたんだろう？　さっきから胸を押さえてるけど……、胸焼けでもしたのかな？）

こちらはこちらで鈍感であった。恐らくシルヴィアがどうして胸を押さえているかなど予想も付いていない。

何かの病気としか考えていない。別にレオルドは、本当に鈍感な訳ではない。悲しい事にレオルドは、シルヴィアの事をサディストだと思っているから、自分に心揺さぶられているという事が思いつかないだけだ。

シルヴィアの容態が悪いと思っているレオルドは、非常に困っていた。早く会場を出てシルヴィアを静かな場所へ連れて行こうとしているが、参加者がそれを許さない。

勿論《もちろん》、意地悪をしている訳ではない。貴族達《たち》は、レオルドと少しでも仲良くしておこうと必死になっているだけだ。

レオルドもその事が分かっているから、無視する事が出来ない。どうしたものかとレオルドが困っている所に追い撃ちのように、レオルドが出会いたくない人物が立ちはだかる。

運命48《ゲーム》のメインヒロインの一人であり、レオルドと同じく公爵家のエリナ・ヴァンシュタインが、レオルドの前に立ち塞がった。

「シルヴィア殿下、レオルド様。ご機嫌麗しゅう。この度は、レオルド様が転移魔法を復活させた事、同じ国の一員として、誠に誇らしく思います」

(こいつ、何を企《たくら》んでる？　エリナは俺の事が嫌いなはずだが…………。殿下が傍《そば》にいるからか？　だとしても、この態度は不気味だ)

目の前でニッコリと笑みを浮かべてカーテシーをしているエリナを、レオルドは怪訝《けげん》そうに見つめる。

「レオルド様。そのように見つめられても困ります」

「あ、いや、すまない。不躾《ぶしつけ》だった」

怪訝そうにエリナを見ていたレオルドは、咄嗟に視線を逸《そ》らす。

しかし、一体どういう事なのだろうかと、もう一度エリナを見る。

エリナはレオルドの事を嫌っており、今のような態度を示す事はあり得なかった。実際、以前は咎《とが》めるような事を言われていた。なのに、この変わりようはなんなのだろうかと、レオルドは怪しむ。

エリナの変わりように、レオルドは思考を巡らせて、一つの可能性に辿《たど》り着く。それは、エリナがレオルドと同じ公爵家の人間だという事に。

恐らくだが、エリナはヴァンシュタイン公爵家当主、つまり父親から何か言われているのだろうと、レオルドは推測した。

その推測は正解であり、エリナは父親からレオルドと仲良くするように厳命されていた。勿論、最初は猛反発したエリナだが、父親からレオルドの功績を聞かされて、渋々従う事にしたのだ。

エリナはレオルドの事が嫌いではあるが、功績は認めざるを得なかった。国王が認めているのだから、レオルドの功績は虚偽ではない事が判明しているので、疑う事すら罪に問われる。

だから、エリナも父親に言われた通り、レオルドとは良好な関係を築こうとしている。

もっとも、それは表面上だけだが。

（心底嫌だけど、シルヴィア殿下がレオルドと仲良くしているあたり、良好な関係を築くのは間違いなさそうね）

ただし、レオルドと婚約しろなどと言われたら、エリナは間違いなく大暴れするだろう。それほどまでに、レオルドの事が嫌いなのだ。

打算まみれのエリナをレオルドの横で見ていたシルヴィアは、エリナの内心をある程度見抜いていた。

（恐らく、ヴァンシュタイン閣下の入れ知恵ですわね。レオルド様を取り込むおつもりでしょうか？　エリナをレオルド様に嫁がせようとしているみたいですが、残念ながら上手《うま》くいきませんわね。エリナは隠しているつもりですが、レオルド様への嫌悪感が滲《にじ》み出ていますわ）

冷静さを取り戻したシルヴィアの頭は冴《さ》え渡っていた。当然、エリナもシルヴィアが自分の方を見ている事に気が付いており、人当たりのよさそうな笑みを浮かべている。

それから、少しだけ三人は軽い雑談を交わしたのだった。

さて、色々な思惑が交わるパーティだったが、ようやく終わりを告げる。

参加者もそれぞれ帰路へと就き、会場は無人となっていく。

「それでは、殿下。また、いずれ」

「寂しいですわ。ずっと、時が止まれば良かったのに」

（騙《だま》されるな、オレェッ！　演技だ、演技に決まっている！）

本当に寂しそうな顔を見せるシルヴィアに心が揺れていた。しかし、あの顔は演技なのだと自分に言い聞かせて自我を保つ。

「ははっ。転移魔法が普及するようになれば、またすぐにでも会えるでしょう」

「そうですわね！　うふふ、今から待ち遠しいですわね、レオルド様！」

屈託のない笑みを浮かべるシルヴィアにレオルドは吐血してしまいそうだった。

(本当に演技なのか!?　なんだかサディストだからって避けているのが申し訳なくなってきたんだが！)

悩み始めるレオルドだったが、最後にもう一度挨拶をして別れる。

レオルドは家族と共に屋敷へ戻り、シルヴィアはある相談の為《ため》に国王の下《もと》へ向かった。

「お父様、相談があるのですが、今お時間よろしいでしょうか？」

「ああ、大丈夫だ。それに私もお前とは話したい事があったからな」

向かい合ってソファに腰掛ける二人。そこへ国王が呼び鈴を鳴らして使用人を呼ぶ。お茶の用意を頼んでから、話は始まる。

「まずは聞こう。相談とはどういうものだ？」

「はい。今現在、レオルド様には婚約者がいません。そして、今回のパーティで多くの者がレオルド様を取り込もうと画策していました。その中には、ヴァンシュタイン家も入っていましたわ」

「ふむ。それは仕方のない事だな。転移魔法を復活させたレオルドは、まだ何かを隠している節《ふし》がある。だから、誰もが益を得ようと必死なのだろう。勿論、それは我々もだが」

「はい。恐らくは、他の公爵家も動き出しているでしょう。それに、帝国と聖教国の二国も転移魔法の復活は耳にしている頃でしょうから、何かしらの動きがあると思いますわ」

「ああ、そうだな。人の口に戸は立てられん。各国もレオルドを巡って動き出しているだろうな」

「ええ、そうだと思います。ですから、何か対策を打たねばなりません」

「うむ。確かにお前の言う通り、対策を打たねばならない。レオルドは、最早失ってはならない人物だからな」

「はい。ですから、私達が取るべき方法は一つです」

国王の言う通り、レオルドは国から見ても絶対に失ってはならない人材だ。転移魔法を復活させたと言う偉業は世界的に見ても大きいものだ。

そして、レオルドは謎が多い人物になっている。シルヴィアが送り込んだ諜報員《イザベル》の調べでもレオルドは、まだ何かを隠し持っているという事だ。

つまり、レオルドは転移魔法の復活以外にも国どころか世界を動かす何かを秘めているかもしれない。

可能性の段階に過ぎないが、転移魔法を復活させた前例があるので、国王は他国に取られてはならないと危惧している。

しかし、今回レオルドには爵位を与えて領地まで与えた。他国へ逃げる事はないと思いたいが、まだ弱いと考えている。

隣国の帝国ならば、もっとレオルドの心を動かすようなものを用意するかもしれない。そう考えるだけで恐ろしい。レオルドが他国へ亡命すれば何が起きるかは分からない。

だったら、縛り付けるしかない。そして、その縛り付ける方法で、もっとも有効なものは限られているだろう。

「王家との婚姻です」

「まあ。それしかないだろうな。だが、問題がある。ベルーガから聞いたのだがレオルドは、結婚に消極的だそうだ。流石《さすが》に王家から婚姻を持ち掛けられれば断る事はないだろうが……。強引に話を進めて獅子身中《しししんちゅう》の虫《むし》になられても困る」

「そうですね。今のレオルド様なら、無理矢理に婚姻を結んでしまえば何をするかは分かりません。それこそ、他国にでも逃げられたら、損失は計り知れないでしょう」

「うむ。しかし、無理矢理でなければいい話だ。シルヴィア、お前はレオルドと仲が良さそうに見えたが、どうなのだ？」

レオルドだけは手放す訳にはいかないと国王は考えているため、レオルドと仲の良いシルヴィアに問いかける。

「分かりませんわ。レオルド様は嫌がっているようにも見えますし、喜んでいるようにも見えますわ」

「そうか……」

脈なしではないが、脈ありという訳でもないので国王は複雑な表情を見せる。

「ただ、私はレオルド様を他の誰かに渡すつもりはありませんわ」

「その言いようだと惚《ほ》れているように聞こえるが、まさかシルヴィア。本当に惚れているのか？」

カアッと顔を赤く染めるシルヴィアは恥ずかしさに俯《うつむ》いてしまう。

「そ、それは分かりません。ですが、この気持ちがそうなら……、そうかもしれません」

モジモジと心情を吐いているシルヴィアに国王は天井を仰ぐ。

（まさか、本気で惚れ込んでしまうとは……。しかし、考えようによっては良い事かもしれん。レオルドがシルヴィアと結ばれれば、国力に王家の発言力も増すだろう。だが、レオルドがシルヴィアをどう思っているかが問題だな）

さて、どうしたものかと考える国王は、一つの案をシルヴィアに提案する。

「シルヴィア。転移魔法が普及したら、ゼアトに赴くといい。この際だ、レオルドを口説き落としてみろ」

「ええっ!? 私がですか？」

「うむ。好きなのだろう、レオルドが？」

「だから、それはまだ分かりません。確かに、レオルド様を他の誰かに渡したくはありませんが……。そ、それに王都の守りもありますし」

言い訳を述べるシルヴィアに、国王は畳み掛けるように話を続けた。

「王都の守りならば問題はない。元々、お前が生まれてくるまでは騎士達が守っていたからな。それよりも想像してみるといい。お前ではない、他の誰かがレオルドと仲睦《むつ》まじくしている様子を」

「え……」

そう言われて、シルヴィアは想像する、レオルドが自分以外の女性と仲睦まじくしている光景を。

しばらくの間、シルヴィアは父親に言われた通り想像に耽《ふけ》っていたが、徐々に不機嫌そうな顔をする。その顔を見て、国王はくつくつと笑う。

「シルヴィア。どうした？　眉間に皺《しわ》が寄っているぞ？」

「ッ……。コホン。言われた通り、想像いたしましたが、少々、いえ、とても不愉快でしたわ」

「ふっ、そうか。ならば、今はそれでいい。いつか、お前自身が気が付く時が来るだろう」

「それは、どういう……。いえ、いいですわ。そのニヤニヤした顔が腹立たしいので、これで失礼しますわ」

シルヴィアは国王に質問の意図を問おうとしたが、面白そうにニヤけている表情を目にして、ムッと腹を立てた。すぐにソファから立ち上がると、シルヴィアは国王に一礼して部屋を後にする。

「どうか初恋を実らせてくれ。シルヴィアよ。そして、レオルドをなんとしてでも、我が国に縛り付けてくれ」

娘の初恋を応援する傍ら、国王はレオルドを国に縛り付ける楔《くさび》になる事を願った。

相談を終えたシルヴィアは、王妃である母親《ミリアリア》の元へ向かっていた。シルヴィアは、母親に助言を貰《もら》おうとしているのだ。同じ女性なら、有益な助言が貰えるに違いないとシルヴィアは考えており、母親のいる部屋へ突撃する。

「お母様っ！」

侍女に止められたが、シルヴィアは構わず、バンッと勢いよく扉を開けた。

部屋の中にいた母親は、ビックリして目を見開き、扉を開けたシルヴィアへ顔を向ける。

「シルヴィア!?　どうしたの？　そんなに慌てて」

扉を開けたのがシルヴィアだと分かり、母親は驚いたが、そんな事よりもシルヴィアが訪ねてくるのが珍しかったので怒るよりも、疑問の方が勝っていた。

「実はお母様にご相談がありますの」

「あら、なにかしら？　貴女《あなた》が私になんて珍しいわね」

「これは、お父様には出来ない相談ですから」

「ふふっ。それじゃあ聞かせてもらおうかしら」

「殿方を堕《お》とすにはどうすればよろしいでしょうか？」

「あらっ！　あらあら、まあまあ!!　シルヴィア、貴女好きな男の子が出来たの？」

「それは……その……、まだ分かりませんが……、気になる方はいます」

「まあまあ！　なんて素敵な日かしら！　聞かせて、貴女が好きになった人の事を」

「お母様！　まだ好きと決まった訳ではありません。ただ、気になっているだけですわ！」

「ふふ、そうだったわね。じゃあ、改めて聞かせて。貴女が気になっている人の事を」

「……レオルド様ですわ」

少し恥ずかしいのか、モジモジとしながらレオルドの名を母親に告げるシルヴィア。

それを見て、母親はパーティでシルヴィアがレオルドの傍《そば》にいた事を思い出し、納得した。

「なるほど。だから、パーティの間、ずっと傍にいたのね」

「いえ、それはただレオルド様とお話しするのが楽しかっただけですので、特別な感情はありませんでしたわ」

「でも、今は気になっているから、こうして私の元を訪れたのでしょう？」

「う……、はい」

「ふふ、あのシルヴィアにまさか好きな人が出来るなんてね～」

ニコニコと楽しそうにしている母親に、シルヴィアは訂正するように口を開く。

「だから、お母様。好きな人ではなく、気になる人だと先程も言いましたわ」

「あ、ごめんなさい。どうにも、舞い上がってしまって」

「いえ、構いませんわ。確かに、生まれて初めてこのような相談をしているのですから、お母様がはしゃいでしまうのも無理ありませんわ。それに、お父様も腹立たしい事に愉快そうに笑っていましたし」

「ふふ、でしょうね。さて、真面目に話しましょうか。貴女はレオルド君とどうなりたいの？」

「どうとは？」

「勿論《もちろん》、将来についてよ。結婚したいのか、したくないのか。そのどちらかでしょ？」

レオルドとシルヴィアは互いに、立場ある人間であるので、恋人という段階を飛ばして婚約である。

「……まだ分かりません。ですが、他の誰かに取られたくはないのです」

「そう……。分かったわ。貴女がそう言うなら、今はそうしておきましょう」

なんとも煮え切らない答えだが、母親は戸惑っているシルヴィアを見て、結論を急がせるような事はせずに、助言だけを与える事にした。

「じゃあ、私から言える事は一つ。見極めなさい。どこまでなら嫌われないのか、どうすれば振り向いてくれるのか。それは、貴女自身で見つける事」

「それは、具体的にはどうすればいいのですか？」

「なんて事はない普段の会話かしら。あとは、今回のようにパーティでの様子とかね」

「なるほど」

言っている事は簡単だが、シルヴィアは少々困ってしまう。それはレオルドがシルヴィアに苦手意識を持っており、露骨に距離を取ろうとしているからだ。

そのせいで既に嫌われていると言ってもいいかもしれない。これはまずい。いきなり、詰んでしまったと焦るシルヴィアは、どうにか今の現状を打開すべく思考を巡らせる。

なぜか、だんまりになってしまったシルヴィアに、母親は首を傾《かし》げてしまう。何か思うところでもあったのだろうかと。

それから、しばらくしてシルヴィアは打開する案を思い付いたのか、晴れやかな表情になる。

(今が最低だとしたら、それ以上落ちる事はないのですから、ここからレオルド様への印象を良くすればいいだけですわ)

至極単純な話である。好感度がゼロなら、それ以上下《さ》がる事はない。ならば、上げるだけでいい。

ただ、レオルドもバカではない。シルヴィアがいきなり豹変《ひょうへん》してすり寄って来たものなら、余計に距離を取るだろう。

だが、そこは計算済みである。シルヴィアは今の距離感を保ちつつ、レオルドを攻略するつもりだ。なにせ、シルヴィアは既に知っている。レオルドは自分が嫌いなのではなく、苦手なだけという事を。

だとすれば話は早い。慣れさせればいい。そして徐々に距離を詰め、最後に仕留めればいいだけ。道筋は見えた。完璧な攻略法である。シルヴィアは自信満々に、そう思った。

「お母様。相談に乗って頂き、ありがとうございます。おかげで、これからどうすればいいか見えましたわ」

「うふふふ、そう。なら、頑張らないといけないわね」

「はい！」

母親の助言に活路を見出《みいだ》して喜ぶシルヴィアを見て、母親《ミリアリア》は愛娘《まなむすめ》の成長に微笑《ほほえ》む。

運命48《デスティニー・フォーティーエイト》ではサブヒロインであったシルヴィアだが、レオルドのメインヒロインになる事は出来るのだろうか。それは誰にも予想は出来ないが、少なくともレオルドだけは右往左往する事になるだろう。

「帰ってきた……！」

レオルドは王都での行事を全て終えて、ゼアトへ帰ってきた。前回と違い、帰る際に母親《オリビア》が悲しむ事はなかった。

なぜならば、転移魔法が普及すれば、いつでもレオルドに会う事が可能であるから。

それにしても、随分と長いようで短い滞在期間だったと、レオルドは子爵になりゼアトという領地を貰った事が霞《かす》むくらい色濃い日々だったと懐かしむ。

そう、レオルドはゼアトの全てを手に入れたのだ。父親ではなく、今後は国王に税収を報告する事になるが、そんな事はどうでもいい。

（ふっふっふ！　領地改革だぁーっ！）

レオルドは前から考えていた領地改革を実行出来る事を喜んだ。これまで、どれだけ真《ま》人《こと》の記憶にある現代日本を羨んだ事か。魔法がなくても魔法のような科学が存在する世界。便利な機械が世界には溢《あふ》れており、この世界と比べたらどれだけ素晴らしい事か。

しかし、今その知識がレオルドにはある。これを使わない手はない。それに死にたくないと最初に誓ったのだ。ならば、守りは必要だろう。

隣国でもある帝国にも負けない魔法と科学の融合をここに見せてやろう。レオルドは胸の高鳴りが収まらない。

これから始めるのだ。内政チートを。領地改革チートを。

「さて、まずは計画書の作成だな」

早速、レオルドは領地改革に向けて計画書を作成する。入念な準備は当然である。ここは異世界であり、中世ヨーロッパ風な世界なのだ。何があるかは分からない。

計画書を纏《まと》め上げてレオルドは仕事場へと向かう。そこでは既に文官達《たち》が、齷齪《あくせく》と働いていた。

レオルドがいない間、ずっと頑張っていたのだ。レオルドは労《ねぎら》いの言葉を掛けてから、計画書を取り出した。

「皆、ご苦労。一先《ひとま》ず、手を休めて聞いて欲しい。この度、俺は子爵位を賜りゼアトを領地として受け取った。そこで、俺は領地改革を始めようと思う！　これが、その計画書だ。まずはこれを見て欲しい」

文官達は集まり、レオルドから渡された計画書を読み進める。段々と険しい顔になっていき、顔を顰《しか》めながらレオルドに計画書を返した。

「お言葉ですがレオルド様。些《いささ》か、無理があると思うのですが……」

レオルドが最初に手掛けようとしていたのは、水道の設置であった。

ゼアトには水源となる川や溜《た》め池《いけ》は存在しているが、水道が作れるかは微妙なものであった。

「問題ない。俺が魔法で水路を作る」

「仕事はどうするのですか？」

「書類仕事はお前達に任せる。俺の判断が必要な場合は対応しよう」

「なるほど。ですが、人材と資金はどうするのです？」

「人材については募集する。資金については陛下から頂いた報酬で賄おう」

「分かりました。私達もゼアトが良くなる事には賛成ですので、この計画書はもう少し突き詰めていきましょう」

賛同を得たレオルドは文官達と相談しながら、領地改革計画を進めていった。

翌日、完成した計画書を手にレオルドはギルバート、バルバロト、イザベル、シェリアなどの近しい人物を呼び寄せて会議を行う。

領地改革計画は、大まかに言えば真人の記憶にある現代日本の再現である。不可能と思えるが、レオルドは魔法を組み合わせれば可能だと信じている。

それに帝国という魔法と科学を融合させた国があるのだから、決して不可能ではないのだ。

「これは本気ですか？」

「ああ、そうだ。イザベル、不可能だと思っているだろうが必ず成功する。俺を信じろ」

「そうですね……。レオルド様は転移魔法を復活させた御方《おかた》です。きっと、この計画も上手《うま》くいくでしょう」

実際、イザベルにも確信に近いものがあった。ただ、この計画の内容があまりにも帝国に酷似しているのが、気になっていた。

「よし、なら作業を開始するぞ。時間が惜しいからな！」

人一倍やる気を見せるレオルドに部下達は頼もしく思った。もしも、レオルドの計画が上手く進めばゼアトは、きっと国で一番、いや、世界でも一番の都市になるかもしれない。

しかし、レオルドは忘れていた。この世界は現実だという事を。

領地改革について会議した翌日、レオルドの前に絶望が姿を見せた。

いつものようにレオルドは朝を迎えて、仕事部屋で文官達と書類仕事を片付けていた。

その時、一人の女性がレオルドの住むゼアトの屋敷へと訪れる。

「はい。どちらさまでしょうか？」

「う〜ん、そうね〜。お友達って訳じゃないから、なんて言えばいいのかしら？」

屋敷に訪ねてきた女性が怪しいと見た門番の騎士は剣に手をかける。

「素性の分からないお方をお通しする事は出来ません。お引取り願えますか？」

「ごめんなさい。それは無理」

「淑女に手荒な真似《まね》はしたくありません。お引取り下さい」

「そうよね。そうなるわよね。少し、眠って」

「な……、にぃ……！」

目の前の怪しい女性を取り押さえようとした門番は、突如眠りに就いた。

物音に気が付いた警備の騎士が駆けつけるが、女性の前に為《な》す術《すべ》はない。次々と倒れていく騎士達だったが、誰一人死んではいない。これは女性が使っているのが睡眠魔法だからだ。

その女性は、堂々と正面の入り口から屋敷へ侵入する。異変に気が付いたバルバロトが駆けつける。

「ッ……!?」

侵入者である女性の前に立つバルバロトは、目の前の女性が並々ならぬ実力者だと見抜き、全身の毛が逆立つ。

「あら、少しは強そうな騎士ね。でも、悪いけど私の敵じゃないわ」

目の前の女性が手を振るった瞬間、バルバロトが駆け出し、剣を抜き、女性目掛けて振り下ろした。

しかし、バルバロトの剣が女性に届く事はなかった。バルバロトが振り下ろした剣は、女性の前で止まっていたのだ。

「物理障壁か！」

「ご名答。貴方《あなた》の斬撃はとても凄《すご》いのでしょうけど、私の障壁の前では無力ね」

「舐《な》めるな！」

女性の発言に激昂《げきこう》したバルバロトが、再び剣を振るうが遅い。女性の睡眠魔法が発動し、バルバロトを眠りへ誘《いざな》う。

「ぐ……！　これは？」

「あら、意外ね。耐えるとは思わなかったわ。でも、これでお終《しま》い」

「が……」

一度目は耐えたが、二度目は無理だった。バルバロトは、呆気《あっけ》なく女性が放った睡眠魔法により眠りに就いた。

バルバロトを倒して、先へ進もうとした女性に向かってナイフが飛んでくる。しかし、女性に当たる寸前でカキンッと弾《はじ》かれてしまい、ナイフは床に落ちた。

「へえ～、やるじゃない。上手く気配を隠していたようね。メイドさん？」

バルバロトが倒れるのを見ていたイザベルは女性が只者《ただもの》ではないと判断して、油断しているところにナイフを投げた。しかし、そのナイフは虚《むな》しくも当たる事はなかった。

「っ！　障壁を常時展開しているのですか……」

「ご明察～。貴女《あなた》には花丸をあげる」

油断して障壁を解除していると踏んでいたが、予想は外れた上に最悪の結果だ。なんと、女性は障壁を常に張っていると言う。これでは、イザベルに勝ち目はない。

かといって、逃げる事も出来ないだろう。イザベルは、女性の魔法がかなりの広範囲だという事を見ている。だから、身を翻して、逃げた所で眠らされるのが落ちだろう。

「撤退は無理でしょうね」

「ええ。そうね。貴女が逃げ出しても、私は魔法で眠らせる事が出来るわ」

完全にお手上げである。イザベルはどうする事も出来ないと分かった。

だからと言って、諦めた訳ではない。対峙《たいじ》している女性は、物理障壁を常に張っているが、魔法障壁は分からない。可能性があるとすれば、そこしかないと、イザベルは床を蹴って、一気に女性へ距離を詰める。

「魔法なら、どうですか！」

「残念。私、両方張ってるの」

物理障壁は物理攻撃を防ぎ、魔法障壁は魔法を防ぐ。だから、対応さえ間違えなければ攻撃は通るのだが、女性は両方を二重にして張っていたのだ。

だから、イザベルの魔法は防がれてしまい、打つ手はなくなった。

「一体、貴女は……」

「それは、今度教えてあげる」

その言葉を最後にイザベルの意識は無くなる。

バルバロトもイザベルも屋敷の中では極めて高い戦闘力を有していたが、女性の前に抗《あらが》う事も出来ずに倒れてしまった。

数々の警備兵をものともせず突き進む女性は、レオルドがいる部屋へ向かおうとした瞬間、パリンッという音が聞こえて振り向いた。

そこには、驚愕《きょうがく》に目を見開いているギルバートが拳を突き出していた。

「あら？　もしかして、私の障壁を砕いたのかしら？　だとしたら、凄いわ。一層でも砕くなんて中々出来る事じゃないわよ」

女性は、驚く事に幾重にも障壁を展開しており、ギルバートの一撃すら防いだ。

「……化け物め」

「まあ、酷《ひど》い！　レディに向かって化け物だなんて失礼しちゃうわ！」

怒っているのか頬を膨らませる女性だが、ギルバートは冷や汗が止まらない。先程、ギルバートが放ったのは間違いなく相手を絶命させる威力の拳だった。

それが呆気なく障壁に防がれてしまい、千載一隅のチャンスを逃したのだ。

「何が目的だ……？」

「目的？　そうね。レオルド・ハーヴェストに会いにきたって言えば通してくれるのかしら？」

「そのような世迷言《よまいごと》を誰が信じるものかっ！」

敵は未知であり、脅威の存在。ギルバートは出し惜しみする事なく全力で床を蹴り、女性へ迫り蹴りを放つ。

しかし、パリンッと先程と同じような音だけが鳴り渡り、ギルバートの蹴りは女性に届く事はなかった。

「凄いわ～。私の障壁を二度も破壊するなんて。でも、残念。眠ってちょうだい」

女性の魔法によりギルバートも意識を失うかに思われたが、伝説の暗殺者《アサシン》は伊達《だて》ではない。ダンッと床を踏み抜き、気合で睡眠魔法を吹き飛ばした。

「嘘《うそ》……！」

これには、流石《さすが》の女性も驚嘆した。今まで、気合だけで睡眠魔法を耐えた者はいないからだ。

だがしかし、ギルバートも無事ではなかった。かなり精神に負担が掛かったのだろう。両肩が上下し、呼吸が乱れている。

「ハア……ハア……！」

「辛《つら》そうね。眠っていた方が良かったんじゃないかしら？」

「黙れ。私は坊ちゃまの執事であり護衛でもあるのだ。お前のような賊を易々《やすやす》と坊ちゃまの下《もと》へは行かせん」

「見上げた忠誠心ね。でも、実力差は痛感しているでしょう？　貴方じゃ私には勝てない。それくらい、貴方も理解しているでしょう？」

「それがどうした？　負けると分かって、私が見逃すとでも思っているのか？」

「強情なお爺《じい》さんね～」

見上げた忠誠心だが、それだけでは女性を倒す事は出来ない。だとしても、ギルバートは諦めない。可能性がゼロではないのならば、何度でも挑むだけ。

己に活を入れて、ギルバートは床を蹴り、女性の背後へ回り込む。

「ふんッ！！！」

床が陥没するほど踏み込んで、ギルバートは渾身《こんしん》の一撃を放つ。バキンッと今までにない音が鳴り渡り、女性がギルバートの方へ振り返る。

「冗談でしょ？　三枚も破ったの!?」

「まだだ……！」

驚く女性に畳みかけるようにギルバートは、さらなる一撃を叩《たた》き込むために力を溜《た》める。

このままでは不味《まず》いと思った女性は、睡眠魔法の出力を上げてギルバートに向けて放つ。

避ける事が出来なかったギルバートは、もう一度気合で吹き飛ばそうとしたがダメだった。

「う……く……、坊ちゃま……。お逃げ……」

「驚いたわ。まさか、まだこれ程の強者《つわもの》がいたなんて……。流石にもういないわよね？」

ギルバートの強さに冷や汗を見せた女性は、気を引き締めてレオルドを探しに先へ進んでいく。

ギルバートが眠らされてる頃、レオルドは屋敷の異変を察知した。

「先程の揺れはなんだったのでしょうか？」

紅茶を淹《い》れていたシェリアは、先程ギルバートが戦闘の際に床を蹴って起きた揺れについてレオルドへ尋ねていた。レオルドも、その揺れが気になって探査魔法を発動させたら、尋常ではない魔力の塊が屋敷にある事を知る。

そして、こちらに向かってきている事にも気が付いた。

ここにいては危険だと判断して、シェリアと文官達《たち》に避難するよう呼びかける。

「今すぐ逃げるぞ。恐らく侵入者だ」

「ええっ!?　どうしてここに!?」

「分からんが、俺に恨みを持っている奴《やつ》は沢山いるからな。それよりも早く逃げるぞ」

慌てるシェリアと文官達は、冷静なレオルドを見て落ち着きを取り戻し、最低限の荷物を持って部屋を出て行く。しかし、そこへ侵入者である女性が立ちはだかる。

「あら～、手間が省けたわ。貴方達の誰かがレオルド・ハーヴェストなのかしら？」

レオルドは有り得ないものを見たかのように震える。

真紅の長髪に金色の瞳。穢《けが》れを知らない美しい肌に、数多《あまた》の男を魅了する麗しい顔立ち。そして、絵に描いたような大きなとんがり帽子を被《かぶ》っており、男の目線を釘付《くぎづ》けするかのように肢体を見せ付けるマーメイドドレスを着た女性。

「シャルロット・グリンデ……ッ！」

レオルド達の前に現れたのは、世界最強の魔法使い。運命48《ゲーム》で転移魔法を復活させると『魔道の深淵《しんえん》に座す者』という仰々しい名前のイベントが発生し、登場するイベントキャラである。ゲームだとジークフリート達が転移魔法を復活させるので会う事はないが、転移魔法を復活させたのはレオルドだ。なら、レオルドに興味を持って会いに来るのは普通の事だろう。

「私を知っているの？　あっ！　貴方がレオルドね！」

訳も分からずどうするべきかと迷っているシェリアと文官達をシャルロットは魔法で眠らせようと手を向ける。

動揺していたレオルドだったが、近くにいたシェリアを抱きかかえて、窓から逃げ出した。

（くそ！　いつかは来るんじゃないかと思っていたが、まさかこんなにも早く来るとは！）

混乱しているレオルドはシェリアを抱いたまま着地して、シャルロットがいるであろう場所へ顔を向ける。

「ギルもバルバロトもイザベルも出て来ないという事は、既にやられたか……」

「え……！　お爺ちゃんが？　そんな……、嘘。だって、お爺ちゃんは誰よりも強くて、負けるはずなんて」

「あら、さっきのお爺ちゃんはギルって言うの？　強かったわよ～。でも、私の方が強かったけどね」

レオルドの言葉にシェリアが動揺していると、シャルロットがレオルド達の後を追って出てくる。レオルドと違って、浮遊魔法を使えるシャルロットは宙に浮かんでいる。

「屋敷にいた人間はどうした？」

「そこは安心して。誰も殺してはないわ。ただ、ちょっとだけ眠ってもらっただけ」

その一言を聞いて、レオルドとシェリアは安堵《あんど》する。どうやら、シャルロットは誰も殺していないようだと。

そして、同時に不安な気持ちになる。この屋敷で最強の戦力であるギルバートが勝てなかった相手と、これから対峙しなければいけないと。

心を落ち着かせて、レオルドはシャルロットがここに来た理由を確かめる。

「お前の目的はなんだ？」

「貴方と話がしたかったのよ。レオルド、貴方とね」

「その理由を聞いてもいいか？」

「簡単よ。貴方《あなた》が転移魔法を復活させたと聞いたから。私もね、転移魔法の研究を続けてたの。そんな折に、風の噂《うわさ》で貴方が転移魔法を復活させたと聞けば、話を訊《き》きに来るのが普通でしょ？」

「まあ、そうかもしれないが……、屋敷の人間を眠らせる必要があったのか？」

「だって、そうでもしないと貴方に会えないでしょ？」

そう言われればレオルドも反論出来ない。レオルドは、子爵であり、ゼアトの領主だ。面会するには、それ相応の手続きが必要となってくる。

当然、シャルロットのような素性の知れない相手は、最初から面会出来る資格がない。なら、どうするかと言われたら、実力による強行突破だ。

むしろ、シャルロットなら、そちらの方が手っ取り早いだろう。世界最強の魔法使いなのだから、止める事の出来る人間などいやしない。

もっとも、運命48《ゲーム》で明言されている世界最強は他にもいる。シャルロットは、あくまでも世界最強の魔法使いに過ぎない。

「なるほどな。それならば、確かにお前が俺に会いに来る道理はある」

「でしょう？」

「はあ……。それで、何が知りたいんだ？」

レオルドは、戦う必要がないと判断して、シャルロットの質問に答えようとする。

「質問の前に教えて欲しいのだけど、どうして貴方は私を知っているの？」

シャルロットは、この屋敷に訪れた時、誰も自分の事を知らなかったのに、何故《なぜ》か知っているレオルドが不思議で仕方がなかった。

だから、好奇心ゆえにレオルドへ、何故一人だけ知っていたのかを訊いた。

その質問を聞いてレオルドは、冷や汗を流す。まさか、先程の一言を疑問に思っていたとは思わず、レオルドは焦った。迂闊《うかつ》な事を喋《しゃべ》れないレオルドは、咄嗟《とっさ》に嘘を吐《つ》いた。

「世界最強の魔法使いであるお前は、有名だからだ。知らない方がおかしいだろう？」

「名前は知っていても、顔までは知らないはずよ。現に、この屋敷で私の事を知っているのは、貴方だけよ？」

盛大に自爆したレオルド。これは誤魔化さないと何を言われるかは分からない。

「一度、お前を見た事があるんだ。ただ、それだけだ」

「え？　私、ここ数十年以上は引き籠もっていたのに？」

最早《もはや》、何を言っても墓穴を掘るだけであった。ダラダラと嫌な汗を流すレオルドはシャルロットから顔を背けている。その様子を見守っていたシェリアがレオルドの名を不安そうに呼ぶ。

「レ、レオルド様……」

「ねえ、貴方は何を知ってるの？　私は長年研究してきた転移魔法を復活させた貴方に興味が湧いて会いに来たのだけど、もっと知りたくなったわ」

選択肢を間違えたレオルドはもう逃げる事が出来ない。相手は世界最強の魔法使いであり、何者にも縛られない。

　レオルドは酷く後悔した。危惧していたとはいえ、シャルロットに目を付けられる事になろうとは。

（あ～、くそ！　俺のミスだな……）

　浅慮な自分を責めるが、どうしようもないレオルドはがっくりと頭を垂れる。

「教えなきゃダメか？」

「別にいいけど、洗脳でもして無理矢理吐かせるわよ」

　運命《ディスティニー》48《フォーティーエイト》の世界にはいくつかの失われた魔法が存在している。転移魔法もその一つである。そして今、シャルロットが述べた洗脳も失われた魔法の一つだ。

　洗脳魔法、正確に言うと精神干渉の魔法だ。他にも魅了や混乱に恐怖といったものを操る事が出来る。

　ちなみにシャルロットが屋敷の人間に使ったのは睡眠の魔法だ。闇属性であり、相手を睡眠状態にする事が出来る。

「はあ～……」

　恐らく全てを話さなければシャルロットは満足しないだろう。果たして言うべきか、言わないべきか。

　迷いに迷ったレオルドは、一番愚かな選択をした。

「どういうつもり？」

「見て分からないか？　抵抗させてもらうんだよ」

レオルドは宙に浮かんでこちらを見下ろしているシャルロットに向かって、水魔法《アクアスピア》を放ったのだ。

「バカなの？　貴方、自分で言ってたじゃない。私が世界最強の魔法使いだって。勝てると思ってるの？」

「それは、やってみなきゃ分からんだろう？」

その言葉を聞いてシャルロットは、やれやれと肩を竦《すく》める。非常に面倒ではあるが、相手をしてやろうとシャルロットはゆっくりと地面に降り立った。

「シェリア！　ここは危険だから、避難していろ！」

これから戦闘になるとレオルドは、後ろで戸惑っていたシェリアに避難するよう命じた。

「え、あ、はい！」

避難するように命じられたシェリアは、駆け足で屋敷の中へ逃げていく。レオルドは、シェリアが避難したのを確認して、シャルロットへ視線を向ける。

「待ってくれたのか」

「ええ。当たり前でしょ？　あんな可愛《かわい》い子を巻き込めないじゃない」

「それは同感だ。さあ、見せてもらうぞ。世界最強の魔法使いの戦いとやらを！」

ダンッと地面を蹴って、レオルドはシャルロットへ迫る。シャルロットは迫りくるレオルドに向けて、睡眠魔法を放つ。

レオルドはシャルロットの放った睡眠魔法は避ける事が出来ないと知っているので、ワザと受ける。

「はい。お終《しま》い」

「ああ、普通ならな」

「え……？」

　普通なら、今ので眠りにつき、倒れているはずだったがレオルドは平然としていた。目を見開くシャルロットに、レオルドは近付き、固く握りしめた拳を叩き込む。

「ぐ！　物理障壁か！」

「どうして、動けてるの？」

　拳が障壁に阻まれてしまい悪態を吐いているレオルドに、シャルロットは何故睡眠魔法が効かなかったのかを問う。

「簡単な話だ。睡眠魔法は魔法障壁でも防げないが抵抗《レジスト》は出来る」

「へえ〜。知ってたのね。でも、おかしいわね。貴方と私じゃ、実力に差があるから防げないと思うのだけど？」

「ああ、そうだ。だから、少しばかり痛かったが、自分に雷魔法を使った」

「そういう事ね。痛みで強制的に眠気を吹き飛ばした訳。ふふっ、やるじゃない！　少しは楽しめそうね！」

　レオルドの突飛な戦法にシャルロットは、感情が高ぶるのを抑えられない。

「ふふ、ギルってお爺《じい》ちゃんも楽しめたけど、貴方も中々楽しめそうね～」

「こっちは必死なんだがなっ！」

シャルロットから距離を取り、雷魔法《ライトニング》を放つレオルドだが、シャルロットの障壁を貫く事は出来なかった。

なら、足元からの攻撃ならどうだと、レオルドは土魔法でシャルロットの足元から土の棘《とげ》を生やそうとしたが、手応えはなかった。

「ッ……。なるほど、足元も守りは万全という訳か」

「ええ、そうよ。私の障壁は球体のようになってるの。だから、全方位からの攻撃は全て無意味。貴方が唯一勝てるとしたら、私の障壁を全て破壊するしかない。でも、それは無理。だって、私、魔力を消費した瞬間に魔力を回復するから、瞬時に障壁を張り直せるもの」

(知ってるわ！　お前のスキル構成がチートなの知っとるわ！　くそ、ふざけんなよ、製作陣《かみさま》め。シャルロットが好きだからって、四つもスキル付与するな！　なんだよ、魔力超速回復、魔法強化、全属性、無詠唱って！　魔法に特化させすぎなんだよ！)

シャルロットが世界最強たる所以《ゆえん》は、製作陣によるもの。本来、スキルは一人につき一つ。稀《まれ》に二つ持ちもいるが、四つ持ちはシャルロットくらいだ。

しかも、その構成が魔法使いに特化した構成であり、反則《チート》と言ってもいいスキルばかりだ。

魔力超速回復は、運命48《ゲーム》だと一ターン毎《ごと》に魔力《MP》を一〇〇回復するというもの。魔力消費の少ない魔法なら、永遠に放つ事が出来る。実質、無限という訳だ。この時点でチートもいいところだが、他にもある。

無詠唱は、本来なら魔法の威力を下げ、魔力消費を増やすのだが、スキルの無詠唱はそれらのデメリットを打ち消す。つまり、現実のシャルロットは無限に無詠唱で魔法を放つ事が出来る。

さらには、魔法強化。斬撃強の魔法版で魔法が強化されるスキルだが、シャルロットの強化率は驚異の三倍。しかも、運命48《ゲーム》だとクリティカル率一〇〇%になっているので、シャルロットの魔法は六倍の威力を持っている。

もうこれだけでも十分反則なのに、シャルロットは全ての属性も使えるのだ。最早、魔法においてレオルドに勝ち目はない。

「で、どうする？　まだ続ける？」

シャルロットは余裕綽々《よゆうしやくしやく》であり、対してレオルドは疲労困憊《ひろうこんぱい》である。先程から、何度も攻撃を続けているがシャルロットには、一切届かない。

このまま続けても、レオルドは負けるだけ。それでも、レオルドは攻撃の手を止めない。

「まだ分からないの？　もう貴方に勝ち目はないの。だから、諦めて洗いざらい吐いちゃいなさいよ」

「ふっ……、そうやって余裕でいられるのも今の内だ」

「そう。そこまで言うなら、こっちにも考えがあるわ」

ここで初めてシャルロットが攻勢に出るその時、レオルドの口元が歪《ゆが》み、笑みを浮かべる。

「何を笑って――」

シャルロットが喋っている途中、一人の男がシャルロットの背後に現れた。

「ぬんッ！！！」

現れたのはギルバートで、シャルロットに向かって特大の一撃を叩《たた》き込み、何重にも張ってあるシャルロットの障壁を、数枚破壊した。

「嘘《うそ》ッ!?　なんでお爺ちゃんが!?　眠らせたはずなのに」

「はははは！　ギルを侮ってもらっては困るな！　それから、俺がいるのを忘れるな！　ライトニングブラスターーッッッ！！！」

驚愕《きょうがく》に固まっているシャルロットに向かって、レオルドは溜《た》めに溜めた雷魔法ライトニングブラスターを放つ。極太の青白い閃光《せんこう》が、シャルロットの障壁にぶつかり、貫いてゆく。

パリン、パリンと割れて、あと少しという所までいったが、やはり世界最強の魔法使いは伊達《だて》ではない。

「惜しかったわね」

「く、くそ……」

あと少しという所で、レオルドの雷魔法は霧散して消えた。ガクリと両膝を突くレオルドは、シャルロットを見上げる。

「貴方《あなた》もお爺ちゃんも頑張ったわ。でも、ここまでよ。眠りなさい」

「坊ちゃま、お力になれず、申し訳ありません……」

再び、ギルバートは眠らされてしまい、レオルド一人だけとなった。もう逃げる力も残ってないレオルドは、シャルロットに頭を垂れる。

「何が望みだ……」

「悲愴感《ひそうかん》漂わせてる所、悪いけど私は別に貴方を殺すつもりなんてないわよ。ただ、貴方が知っている事全て話してもらいたいだけ。あ、言っておくけど断ったら、最初に言ったように洗脳させてもらうわ。それが嫌なら、話す事ね」

悔しそうにレオルドは拳を握りしめ、唇を噛《か》んだが、やがて観念したように全てを打ち明けた。この世界は真人《まこと》が遊んだゲームと瓜二《うりふた》つである事を。

そして、自分がいずれ死ぬ事を。

「……にわかには信じられないわ。だから、貴方が言っている事が本当だという事を証明して欲しいの」

「具体的に何をすればいい？」

「教えて、私が最も欲しているものを」

「……星屑《ほしくず》の欠片《かけら》か？」

「……ふっ、うふふふ！　あははははは！　正解よ、大正解！　花丸あげちゃう！」

　レオルドが口にした星屑の欠片とは隕石《いんせき》の事である。シャルロットが何故《なぜ》、星屑の欠片を求めているのかと言うと、杖《つえ》を作る為《ため》だ。

　魔法使いは基本杖を必要とするもの。レオルドは使っていないが、杖を使えば威力が向上したり、消費魔力が減ったりするのだ。

　その為、シャルロットは自分の杖を作ろうとしたのだが、満足する杖が出来なかった。なので、この星にはない物質で杖を作ろうかと考えた。そこで、出てくるのが星屑の欠片という名の隕石であった。

　それを使えば、自分に相応《ふさわ》しい杖が出来るのではと推測しているのだが、まだ星屑の欠片を見つけられていない。

「一つ聞きたいのだけど、手に入るかしら？」

「ああ。ただ、偽物だがな」

「そう……。なら、別の手を考えなきゃね」

　あっさりと諦めるシャルロットはどうしようかと考えたが、目の前に面白い人物がいる事を思い出して笑う。

「決めたわ！　レオルド、私貴方と一緒にいるわ！」

「……へ？」

「だって、貴方といると面白そうだもの！」

こうして、レオルドは幸か不幸か秘密を共有した世界最強の魔法使いを仲間にするのであった。

第五話 ✧ 明るい未来と……

シャルロットとの激闘を終えて、レオルドは屋敷の人間を起こして、広場に集めた。

「えー、色々とあったが、今日からこちらにいるシャルロット・グリンデが俺の相談役になる事が決まった。皆仲良くして欲しい」

起きたら世界最強と称される魔法使いが何故かレオルドの相談役になっているのだから、屋敷の住人は全員が驚いた。

「どういう事ですか、坊ちゃま！　ご説明をお聞かせ下さい！」

最後、一緒に戦っていたギルバートは意味が分からず、レオルドへ説明を求める。

「気持ちは分かるが……、受け入れてくれ」

「しかし、その者が本当にシャルロット・グリンデならば、自分が何をしているかお分かりなのでしょうね!?」

「分かっている。爆弾を抱えるようなものだが、どうか受け入れて欲しい」

頭を下げるレオルドにギルバートは何も言えなくなる。そもそも、レオルドはこの屋敷の支配者であり絶対的な存在だ。レオルドの決定ならば、甘んじて受け入れるしかない。

「私って結構嫌われてるのかしら？」

何やら、全員が驚いていたり、不満そうにしているのを見て、シャルロットは気が付いた。

「今更聞くな！　俺も他人の事は言えないが、お前も色々とやらかしているだろう！」

「覚えていないわ。昔の事なんて」

頭痛がするレオルドは、こめかみを押さえる。

シャルロットは過去に何度か建造物を破壊したりしている。そのどれもが時の権力者の所有ばかりであったから、歴史に記されているのだ。

「はあ……、シャルロット。頼むから暴れたりしないでくれよ」

「シャルでいいわ。そうね～。レオルドが私を満足させてくれれば暴れたりなんてしないわ」

「ああ、そうか。なら、頑張るしかないか」

なんだか卑猥《ひわい》な響きである。満足させるとはどういう意味なのだろうかと家臣達《たち》はあらぬ方向に想像している。自分達が眠っていた間に二人は何をしていたのだろうかと。

それは二人だけの秘密だ。

それからは、基本シャルロットがレオルドの側《そば》にいる事になった。ギルバートよりもレオルドに近い存在となる。

それも仕方のない事だ。レオルドの秘密を唯一知っているのだから。レオルドは話したのだ。真人の記憶にある運命48《ゲーム》の知識を。言い逃れが出来なかったから仕方のない事とは言え、家臣達からすれば納得し難いものだろう。

さて、レオルドはシャルロットを仲間に加えて、領地改革を進めていく事になる。

「どこに向かってるの？」

「ん？　とりあえずこれを読んでおけ」

「は～い」

レオルドは水路を作る為に川の方へ向かう道中、呑気《のんき》な声で質問してくるシャルロットに計画書を放り投げる。

受け取ったシャルロットは計画書を読みながら、ふむふむと首を動かしている。果たして、理解しているのだろうか。

「ねえ、これって帝国のを真似《まね》たの？」

「いいや。俺独自の方法だ」

「ふ～ん」

大体、この世界は現代日本人が考えた、なんちゃってヨーロッパ風な世界だ。ならば、史実のような技術ではなく、現代日本の技術が介入していてもおかしくはない。

レオルドには現代日本人であった真人の記憶があるので、同じになるのは当然だろう。むしろ、有り難い事だ。帝国という前例があるので誰も怪しんだりしないのだから。

ただ、何故レオルドが帝国の技術を知っているのかは疑われるだろう。

そして作業が始まる。レオルドは水路を作る為に土魔法でがんがん掘り進めて行く。日々の鍛錬のおかげでレオルドは桁違いの魔力を保有していた。

それに加えてゼアトの住民と魔力共有を施しており、レオルドが本気を出せばゼアト程度ならば更地に変える事が出来る程だ。

護衛として付いて来ているギルバートやバルバロトは目の前の光景に目を見開く。僅か数分足らずで水路が出来上がっているのだから驚くのも無理はない。

「ふむ。水路はいいが……。問題は浄水場か」

レオルドは水道を作り上げる気だ。水路も必要であるが浄水場も必要だ。生水を飲めば、お腹《なか》を壊すから浄水場で一度水を綺麗《きれい》な飲める水にしなければならない。

「……」

水道の大雑把な仕組みは知っているがレオルドは浄水場の詳しい仕組みを知らない。ただ、水を綺麗にして飲める水に変える事くらいだ。

早速、手詰まりかと思われたがレオルドはシャルロットに相談する。

「シャル。お前、浄化の魔法陣は描けるか？」

「私を誰だと思ってるの？　そんなの朝飯前よ」

「なら、水を浄化する事は出来るよな？」

「浄化の魔法で？　出来るけど、それなら水を魔法で出した方が早いわよ？」

「そうだな。だが、俺やお前みたいに皆が魔法を使える訳じゃない。だからこそ、必要なものがあるんだ」

「ふ～ん。それがこの水道って訳ね」

「ああ。一応聞きたいんだが、半永久的にとかも可能なのか？」

「ええ。魔法陣が周囲から魔素を取り込んで魔力に変換し、半永久的に持続させる事は可能よ。まあ、魔素が尽きたら終わりだけどね」

「なら、これから設置する場所を教えるから頼む」

「ええーっ！　ただで～？」

「……何が望みだ？」

「貴方が持っている知識で私を満足させてくれたら考えてあげるわ」

「……なら、ここでは教えられんから後払いだ」

「う～ん。どうしようかな～」

可愛《かわい》らしく身体《からだ》を揺らして焦《じ》らすシャルロットに、レオルドは怒りが湧いてくる。ワナワナと怒りに震えていたが、シャルロットはゲームでも主人公達をよく困らせていたのを思い出して、怒りを鎮める。

「はあ～。もういい。自分でどうにかする」

　構ってちゃんなシャルロットを放置してレオルドは、一人で魔法陣を描く準備を進める。すると、焦ったようにシャルロットが喚《わめ》く。

「もう！　もうちょっと交渉するべきでしょう！　なんで簡単に諦めちゃうの～！」

「面倒だからだ」

「あっ! もしかして、ゲーム——、むぐっ!?」

シャルロットがとんでもない発言をしようとしたので、レオルドは慌てて口を塞いだ。

レオルドは他の人に聞こえないようにシャルロットの耳元に顔を近付けて小声で注意する。

「馬鹿! お前以外は知らないんだぞ。余計な事を喋るな!」

「あんっ……!」

突然、嬌声を上げるシャルロットにレオルドは目が点になる。

「私、耳が弱いの。だからそんなに息を吹きかけられると感じちゃうわ」

無性にシャルロットの頭を叩きたくなったレオルドだが、なんとか踏み止まった。ここでシャルロットの機嫌を損ねて、秘密を暴露されてはいけないと我慢したのだ。

「……さっきの事忘れるなよ」

「は〜いっ!」

「本当に分かってんだろうな……」

頭を抱えるレオルドは、さっさと作業を終わらせようと魔法陣の準備を進める。そうしていたら、シャルロットが手伝う気になったのかレオルドの作業を手伝い始めた。

色々と問題はあるが、順調にレオルドは領地を改革していくのだった。

しばらく月日が経《た》ち、領地改革は今も続行している。水道の整備は順調でゼアトの町に行き届いている。

魔法による突貫工事であったが、上水道、下水道が完成したのだ。

既に住民達が活用しており、ゼアトの住民達は綺麗な飲料水を手に入れた。大喜びの住民達はレオルドに感謝の言葉を口にしている。

春の頃は、王都で噂《うわさ》になっているレオルドが来たと怯《おび》えていた住民達も、今では評価を改めている。これはレオルドにとって喜ばしい変化であった。

そして、そんなレオルドは今暖炉の前で寒さに震えていた。

「ゼアトはこんなに冷えるのか……」

水道工事を終えたレオルドは書類仕事に追われていて、冷え込む屋敷の寒さに震えていた。

「毎年、これが普通ですよ？」

「そうか～。暖房の魔道具でも作るべきか」

魔道具。運命48《ディスティニー・フォーティーエイト》に存在している便利な道具だ。魔法が使えなくても魔法を行使出来るようになったりする。

そこでレオルドは、暖房の魔道具でも開発しようかと考えた。やはり、ここは真人《まこと》の記憶にあるエアコンを作るべきかと思案する。

しかし、エアコンは電力で動く科学の発明品。この世界では魔力で代用も出来るかもしれないが、水道の時のように魔素を周囲から吸い取る魔法陣だと、いずれ魔素が枯渇してしまう恐れがあるかもしれない。

本当に枯渇する事があるかは分からないが、可能性としては有り得るのかもしれないので保留する事に決めた。

うんうんとレオルドが今後について色々と考えていると、シャルロットがレオルドに背後からもたれかかる。

「ひ～ま～！　ねえ、レオルド～。暇なの～」

「鬱陶しい。引っ付くな！」

「ええ～？　こ～んなスタイル抜群の美女が抱きしめてるのに、何が不満なの？」

男を誘惑するかのようにシャルロットは惜しみなく自分の身体をレオルドに見せ付ける。

思わず、うろたえるレオルドだったが禁句を述べて誤魔化す。

「自分が何歳か考えたらどうだ」

瞬間、パラパラと髪の毛が落ちる。どうやら、シャルロットが目にも留まらぬ速さで魔法を撃ったようだ。

全く気が付かなかったレオルドは改めて、世界最強の魔法使いに怯える。

「何か言ったかしら？」

「さあな。それよりもこれから仕事だからお前には構ってやれんぞ」

「もう～？　もっと構ってよ～」

そこへ助け舟が出される。レオルドの傍《そば》に控えているシェリアがシャルロットを諫《いさ》める。

「あの……、シャルロット様。レオルド様が困っているので、出来れば離れて頂けると」

まだシャルロットに慣れていないシェリアは、最後の方は声が小さくなる。

対して、シャルロットはシェリアを好いており、レオルドから離れてシェリアに抱きつく。

「じゃあ、シェリアが構って～」

「え、ええ～」

「ほらほら、お姉さんと遊びましょ？」

「あう、あのレオルド様……」

シャルロットに抱きつかれたシェリアは助けを求めるように、レオルドへ顔を向ける。

だが、レオルドは申し訳なさそうに片手を上げると、シャルロットをシェリアに任せて、仕事部屋へ向かい、書類仕事を片付けていく。

一息吐《つ》いたところでイザベルが紅茶をレオルドに差し出した。レオルドが受け取り、紅茶を飲んでいるとイザベルがレオルドに話しかける。

「レオルド様。最近、私の影が薄くなったと思うのですが」

「…………気のせいだろう」

シャルロットというインパクトのある人物が登場してからは、確かにイザベルの存在が希薄になっていた。

　ギルバート、バルバロトはレオルドの鍛錬相手であり、時折シャルロットもレオルドに魔法を伝授している。そうなると、イザベルはあまり存在を感じられない。

　これは由々《ゆゆ》しき事態だとイザベルは焦っており、レオルドに問い詰めているのだ。

「そもそも、お前は使用人であり、王家の諜報員《ちようほういん》だろう。影が薄いのは悪い事ではないだろう」

「そうかもしれませんが、私にも立場というものがあるのです！」

「どんな立場だよ……」

「クールでミステリアスな出来る使用人《メイド》です！」

「もう崩壊してるわ。諦めろ。お前はシャルロットのインパクトには勝てん」

「そんな……！」

　ご覧の有り様である。仕事はきっちりとこなしているのだが、アイデンティティが失われていると感じているようで四《よ》つん這《ば》いになって落ち込んでいる。

　クールでミステリアスな出来るメイドはどこへ行ったのやら。

「はあ……。イザベル。そう落ちこむな。お前はきちんと仕事をこなしてくれている。十分に評価しているんだ」

「当然ですね！　まあ、出来る女ですから！」

　ドヤ顔を決めるイザベルにレオルドは溜息《ためいき》を吐く。少々、面倒ではあるが元通りになって良かったと思うのであった。

そんな様子を見ながら作業を進めていた文官達《たち》の思いは一致していた。

（イチャイチャしていないで仕事しろ）

と、雇い主であるレオルドに対して腹を立てていたのであった。

そして、いつものように書類仕事、鍛錬、魔法の勉強と言った日常を過ごして終わる。

ゼアトにレオルドが来て一年が経とうとしている。そう思えば長いようで短かった。

ゼアトに来た頃は豚だったレオルドはダイエットを決意し、夏にはモンスターパニックという災害に巻き込まれ、秋には歴史的偉業を遂げて、と目まぐるしい日々であった。

今まで生き残れたのは偏《ひとえ》に真人の記憶が宿ったおかげだろう。

最初は真人の記憶が宿って混乱していたが今はレオルドと真人の記憶が溶け合って一つとなり、新たな人格が形成されている。それはある意味、転生と言っていいかもしれない。

最初は本当に転生したのだと信じており、歴史や地理について勉強したのも今ではいい思い出だ。

たった十数ヶ月で色々な出来事があったが、レオルドはこれからも理不尽な運命に抗《あらが》う為《ため》に頑張るのだ。

遂《つい》に一年が経った。レオルドがゼアトに来てから二回目の春を迎えた。

冬は突貫工事でゼアトに水道を整えるだけで終わったが、春からはもっと人を雇って領地改革を進めるつもりだ。

そして、もう一つ重要なお知らせがある。

「うおおおおおおっ！　遂に遂に俺は痩せたぞおおおおおっ！！！」

レオルドは痩せた事に歓喜の咆哮《ほうこう》を上げていた。一年と言う月日をかけてレオルドはダイエットに成功したのだ。

しかも、それだけではない。日々の激務に加えて行っていた鍛錬のおかげで戦闘に適した筋肉がついている。

見せる為の筋肉ではない。動くのに最適な筋肉だ。理想の体型になったレオルドは私室にある鏡を見て何度も己の身体を見直した。

「思えば一年……！　痩せるまで長かったな」

レオルドの言う通りである。この一年ダイエットを継続してきた。それも、途中からは領主としての仕事をこなしながらだ。

常人であれば、ギルバート、バルバロトとの鍛錬で三ヶ月もあれば痩せるのは間違いない。にも拘《かかわ》らず、レオルドは痩せなかった。

異常としか言い様がない。だが、もうそんな事はどうでもいいのだ。レオルドは痩せたのだから、それで十分だった。

努力が報われた瞬間である。

しかし、これで終わりという訳ではない。むしろ、ここからが本番と言っていいかもしれない。レオルドは真人の記憶通りなら、近い将来死ぬ事になるのだから。

それを防ぐ為にもレオルドは足を止める訳にはいかない。この先、多くの困難が待ち受けている事は間違いない。だから、固く誓ったのだ。

運命に抗ってみせると。

さて、朝から気分が良くなったレオルドは朝食を取る為に食堂へと向かった。いつの間にか背後に控えているイザベルを引き連れて。

「おはよう〜。レオルド、先に頂いてるわ〜」

「構わんが、髪型くらいセットしてきたらどうだ？」

なぜか、先に朝食を取っているシャルロット。それを見て、レオルドは呆《あき》れるが、特に咎《とが》める事はせずに、髪に寝癖が付いている事を指摘した。

「ええ〜。面倒だもの。レオルド、やってくれないかしら？」

「俺は、一応この屋敷の主《あるじ》なんだぞ。他の使用人にやらせておけ」

「なんだか、暴れたくなっちゃったな〜」

「……シェリア。櫛《くし》をもってきてくれ」

「畏《かしこ》まりました、レオルド様」

櫛を受け取ったレオルドは朝食を取っているシャルロットの髪を梳《と》かしていく。

「いたっ！　いたたっ！　レオルド！　貴方《あなた》、わざとかしら!?」

「すまん、すまん。何分、女性の髪を梳かす事などした事がないからな」

「むっ～。もういいわ。シェリアにお願いするから！」

「ええっ!?　私ですか？」

驚くシェリアはレオルドに指示を仰ぐように顔を向ける。

「シェリア。悪いが、シャルの髪を整えてやれ。自分じゃやらないだろうから頼む」

「わ、分かりました」

レオルドに言われて、シェリアは櫛を受け取り、シャルロットの髪を綺麗《きれい》に梳かす。

それから朝食を済ませたレオルドは、いつものように書類を片付けていたら、屋敷に客が訪問してくる。

対応したギルバートは相手がとんでもない人物だった為、急な訪問でも丁寧に対応して応接室へと案内した。

そして、すぐにレオルドへ客が来た事を知らせる。

「坊ちゃま。お客様です」

「誰だ？」

「アルガベイン王国第四王女シルヴィア様にございます」

突然の客人にレオルドは困惑したが、相手がシルヴィアだと聞くと、仕事の手を止めてすぐに応接室へと向かった。

応接室にはシルヴィアがソファに腰掛けており、イザベルが淹《い》れた紅茶を飲んでいる最中であった。

「御機嫌よう、レオルド様」

「お久しぶりでございます、殿下。本日はどのようなご用件でゼアトまで？」

「はい。実はこの度、レオルド様にお願いがあって参りました」

「お願いですか？　なんでしょうか？」

「レオルド様が復活させた転移魔法なのですが、上手《うま》く運用が出来ないのです。そこで、もう一度レオルド様に転移魔法について詳しいお話を聞けたらと思いまして、王都まで同伴して頂けないでしょうか？」

（う～ん……領地改革で忙しいんだけどな。でも、転移魔法が活用出来れば、王都から有能な人材を引っ張ってこれるか）

現在、ゼアトは領地改革を進めているが、まだ水道工事くらいしか出来ていない。他にも計画はしているのだが、やはり人手不足なので手が足りないのだ。

しかし、今回の話は渡りに船である。王都へ行き、転移魔法でゼアトと行き帰りが瞬時に出来るようになれば、人手不足も解消されるだろう。

そのように考えたレオルドは二つ返事で了承した。

「私でよければ力になりますよ」

「ありがとうございます。では、いつからなら移動は可能でしょうか？」

「すぐにでも構いませんよ。私にも転移魔法の運用は重要ですから」

（イザベルから報告を聞いていましたが、領地改革が忙しいのでしょうね。ただ、帝国の

作りにそっくりというのは……。少々勘繰ってしまいますわ)

信じたくはないがイザベルの報告はこれまで嘘《うそ》はなかった。ならば、イザベルの報告通りレオルドが行っているのは帝国と同じ事。

それは、つまり裏切りの可能性を示していた。

「でしたら、私は少々長旅で疲れていますので、三日ほど空けてからでよろしいでしょうか?」

確かめなければならない。レオルドが王国を裏切って帝国を招き入れる準備をしているのか。そうではないのかを。

「ええ。いいですよ。ただ、一つお伝えしなければならない事があるのですが……」

「なんでしょうか?」

シルヴィアは気になる。やはり、隠しておきたい事があるのだろうかと疑っていると、レオルドが困ったように話した。

「実は一人、私の相談役がいるのですが……、殿下にご無礼を働いてしまうかもしれません」

シルヴィアは首を傾《かし》げてしまう。レオルドがそこまで困ったように言うのは、レオルド自身も制御出来ない人物だという事だ。一体どのような人物なのだろうかとシルヴィアは考える。

「そのような方がいるのですか?」

シルヴィアはレオルドに尋ねてから、確かめるようにイザベルへ視線を向けた。イザベルは肯定をするように首を縦に振った。

「まあ、会えば分かるかと……」

困ったように眉を下げるレオルドを見て、シルヴィアはその人物に興味を抱く。

（レオルド様がここまで困るなんて……。敵であれば容赦はしませんわ！）

燃える乙女心。以前母から賜った助言は、シルヴィアの心に火をつけた。

さらには、レオルドをこのように困らせていいのは自分だけだと思っているシルヴィアは、謎の人物に敵愾心《てきがいしん》を募らせる。

（見極めて見せます……。お母様！）

そのついでにシルヴィアは、レオルドがどこまでなら許してくれるのかを見極める事にした。

シルヴィアとシャルロットが出会えば、どのような化学反応を起こす事になるのやら。

果たして、レオルドの胃は二人のぶつかり合いに耐える事が出来るのだろうか。

誰か早くレオルドに腕のいい医者を紹介してあげるべきだろう。

しばらく、会話を続けていた二人だったが、レオルドはシルヴィアが滞在すると言う事なので宿を用意すると提案する。

「そう言えば、殿下はゼアトに滞在するという事でしたが宿は決まっているのでしょうか？　もし決まっていないなら、私の方で用意致しますが」

「その事についてなのですが、この屋敷に泊まる事は出来ないでしょうか？」

「えっ……！」

婚約者でもない女性を、しかも王族のシルヴィアをレオルドは泊める事に反対であった。良からぬ噂《うわさ》を立てられても困るし、レオルドはどう断ろうかと思案する。

それに、ゼアトは防衛拠点と言う王国にとっても重要な町であり、帝国と隣接しているので交易と言うほどの交易は無いが、商人達が立ち寄る町なので宿泊施設は整っている。

だから、レオルドはゼアトでも一番の宿泊施設を提供しようと考えた。

「殿下。ゼアトにはこの屋敷よりも素晴らしい宿泊施設がありますので、そちらをご利用願いたいのですが」

「私がここにいると何か不都合があるのでしょうか？」

「いえ、そういう訳では無いのですが、婚約者でもない女性を、ましてや王族であられるシルヴィア殿下を屋敷に泊めるのは、少々問題があるかと……」

「問題ありませんわ、レオルド様」

ニッコリ微笑《ほほえ》むシルヴィアにレオルドは顔が引き攣《つ》る。恐らく、これ以上何を言っても断る事は出来ないだろうとレオルドは諦めてしまう。

「……イザベル。殿下のお世話を頼むぞ」

「畏まりました、レオルド様」

「まあ！　無理なお願いをお聞き下さり、ありがとうございます、レオルド様」

手を叩《たた》いて喜んでいるシルヴィアにレオルドは困惑してしまう。

（本当に喜んでいる……？　久しぶりにイザベルと話せるからか？　なんにせよ、シャルにはキツく言っとかないとな～）

この後、シャルロットにシルヴィアの事を話しに行くのが億劫《おっくう》なレオルドだった。


レオルドはシルヴィアをイザベルに任せて、シャルロットがいる所へと向かう。ただ、自由人であるシャルロットは何処《どこ》にいるか分からない。

いつもはレオルドに引っ付いているのだが、今日はいない日だ。偶《たま》にあるが、その場合はシャルロットに用意した部屋で自身の研究を進めていたりする。

なので、レオルドはシャルロットの部屋へ赴く。ノックをするのが常識なのだが、シャルロットは研究に没頭しているとノックしても気が付かない事があるので、レオルドはノックもなしにシャルロットの部屋へ入る。

「シャル、いるか？」

「あら、レオルド。どうしたの？」

「何をしている？」

シャルロットの部屋は、何やらおぞましい物で溢《あふ》れていた。何の骨かは分からないが頭蓋骨らしきものが転がっていたり、血で描かれたのか真っ赤な色の魔法陣が床に描かれている。

「悪魔召喚よ～！」

「やめんか！　お前が召喚したら、どんなのが来るか想像するだけで恐ろしいわ！」

「もう～、ちょっとした冗談よ。今は転移魔法を応用してる所なの」

「む？　そうなのか？　それは気になるな。どういう事をしてるんだ？」

「ほら、古代遺跡から前に魔法の袋が見つかった事があるでしょ？　質量とか無視して何でも入れられる魔法の袋」

「ああ。確か、帝国の宝物庫に保管されてるやつだな」

「そう、それ。転移魔法って空間に作用するでしょ？　だから、なんとか再現出来ないかなって」

「ふーむ。なるほど。確かに再現出来たら便利だな。それなら、俺も少し知恵を貸そう」

「本当？　助かるわ～。異世界の知識なら、上手くいくかもしれないわ～！」

運命48《ゲーム》ではアイテムを大量に持つ事が出来るが、現実では無理である。なので、レオルドとしても質量や物量を気にせず収納する事の出来る魔法の袋には興味があった。

先程、レオルドが述べたように帝国には存在している。ただし、一つしかない。

かつて、トレジャーハンターが古代遺跡から持ち帰った物だ。その効果は、質量や物量を無視して生き物以外なら収納する事が出来る。さらには、時間経過による劣化も無いため、食料や飲料水などの持ち運びも可能である。しかも、水や服を入れても混ざる事は無いので濡《ぬ》れたりしない。

　これだけの能力を帝国が見逃す訳がない。当時の皇帝は、献上された魔法の袋を技術者に渡して、再現するように命令を下した。

　しかし、解析はおろかどのような原理でそうなっているかを解明する事が出来なかったので魔法の袋はついぞ再現される事はなかった。

「へえ～。アニメ？　そんなものがあるのね。それで、異空間？　そう言うものには色々と説があるのね～」

「ああ。まあ、役に立つかは分からんが」

「そんな事ないわよ。意外な所から閃《ひらめ》きは生まれるものよ」

「そういうものか」

「ええ。もっと詳しい話を聞かせて」

「いいだろう。俺としても魔法の袋が再現出来たなら嬉《うれ》しい事だからな」

　レオルドはシャルロットと魔法の袋の事に夢中になっていた。シルヴィアの事で注意をしようと来たのに、すっかり忘れていた。

　異世界の知識にシャルロットは夢中になり、レオルドも話しているのが楽しくなって時間を忘れてしまう。

　この後、どのような悲劇が待っていようかなどレオルドは知らなかった。

　どんどん熱が入っていく二人は扉がノックされる音に気が付かなかった。

ガチャリと音を立てて、シャルロットの部屋の扉が開かれる。二人は話に夢中で気が付いていない。誰が入ってきたのかすら。

「レ・オ・ル・ド・様」

話に夢中になっていたが、名前を呼ばれたレオルドは何事かと振り向く。そこには満面の笑みを浮かべて、かつてないほどの暗黒オーラを立ち昇らせるシルヴィアが立っていた。

背後に控えているイザベルが口元を隠して笑っているのが見えるが、レオルドにはそれを指摘するほどの余裕は無かった。

（あっ、死んだかも……）

何故《なぜ》、これ程までに不機嫌なのか分からないレオルドは自分の命が無いものとしか思っていなかった。

恐らく、世界は、運命は、ここでレオルドの命を刈り取るつもりなのだろう。

ああ、愚かなりレオルド。

さらば、レオルド。

来世では女性の取り扱いには注意をしよう。

「レオルド様。そちらの女性はどなたでしょうか？　よろしければ私に紹介して頂けないでしょうか？」

満面の笑みを浮かべているシルヴィアだが、よく見るとうっすら瞼《まぶた》が開いている。つまり、半目なのだが、その目は返答次第によっては確実に命を取るつもりの目である。

高速で頭がフル回転しており最適解を述べようとするレオルドだったが、儚《はかな》く散る事になる。

「あら～、どちら様～？」

「ばっ、おまっ！」

シャルロットは、シルヴィアがレオルドにどのような感情を向けているのか瞬時に察知して、最も面白い事になると思った事をする。

まるで、娼婦《しょうふ》のようにレオルドにいやらしく腕を絡めるシャルロットはシルヴィアに勝ち誇ったように顔を向ける。

瞬間、シルヴィアの暗黒オーラが勢いを増して部屋全体を包み込むのではとレオルドは恐怖する。

そして、シャルロットの方はこれは面白い事になって来たと、シルヴィアに圧勝している大きな胸をレオルドへ押し付けるのを見せ付けた。

あからさまな挑発を見たシルヴィアは、怒りによって新たな領域にでも目覚め、髪が逆立つのではと錯覚する。

絶望に顔を染めるレオルドだったが、諦める事はしなかった。

(誓ったはずだ！　運命なんてぶっ壊す！)

勇気を振り絞ってレオルドはシルヴィアへ立ち向かう。

「殿下、先程ご説明した私の相談役である、シャルロット・グリンデにございます」

しかし、その様な事を今更聞いてもシルヴィアの怒りは収まらない。

「よろしくね～！」

「シャル！　殿下に対して無礼だぞ！」

「え～？　別にいいじゃない。私はレオルドのものであってもこの国のものではないんだし～」

仲の良さを見せ付けるシャルロット。そして、再び怒りを増すシルヴィア。

しかし、シルヴィアはシャルロットの名前を聞いて少しだけ冷静さを取り戻した。

「シャルロット・グリンデ？　もしや、かのシャルロット・グリンデ様でしょうか？」

「ピンポーン！　貴女《あなた》が今想像しているシャルロットでーす！」

途端にシルヴィアは青ざめる。あの世界最強と称される魔法使いに。

そして、思い出す。シャルロットには何があっても手を出してはならないと。彼女の癇《かん》癪《しゃく》でどれだけ多くの権力者が泣かされた事か。

その中には当然、王族も含まれている。彼女が本気になれば王族であろうと一切容赦はしないのだ。シルヴィアは彼女の機嫌を損ねる訳にはいかないと怒りを鎮めて冷静になる。

「このような場所で会えるとは思いもしませんでしたわ。私、アルガベイン王国第四王女シルヴィア・アルガベインと申しますわ。以降、お見知り置きを」

「はぁ～い。よろしくね」

シルヴィアがスカートの裾を上げて一礼をすると、シャルロットはレオルドから離れて元気よく挨拶を返した。

　レオルドもプレッシャーから解き放たれてホッと胸を撫《な》で下ろす。

「ところでレオルド様とは、どのようなご関係で？」

だが、そこは譲れない。シルヴィアはどうしても聞かなければ気が済まないのだ。

「う～ん……。こういう関係？」

　再度、腕に絡み付くシャルロットは、疑問形でシルヴィアに返した。

「へ、へ～。そういう関係なんですね、レオルド様」

　二人の関係を知ったシルヴィアは、キッとレオルドを睨《にら》みつける。

（どうしてこっちを睨むんだ……）

　たじろぐレオルドは、自分が何故睨まれているのか全く理解出来なかった。

「んふふ～」

　一人だけ状況を把握しているシャルロットは、愉快そうに笑う。

　恋するシルヴィアに気付かぬレオルド。二人の様子を見て楽しむシャルロットは、どのようにからかって遊ぼうかと今後の事を想像していた。

「ところで、シルヴィアはここに何しに来たの？」

「あっ、忘れていましたわ。レオルド様に町を案内して頂こうと思いまして」

（なんで俺なんだ？　まあ、王族の頼みだし断れないか）

　ただ、レオルドとデートをしたいと考えていただけのシルヴィアであるが、今は嫉妬に焦がれている。

　そう、さっきまでは町の視察という口実でレオルドと一緒に町を歩くデートが出来ると喜んでいたのに、どん底に突き落とされた気分だ。思い出すと、シルヴィアはフツフツと怒りが湧いてくる。

　しかし、ここでまた怒っていたらレオルドに勘違いされて、嫌われてしまうかもしれないのでシルヴィアは怒りを鎮めた。

　その事に気が付いたのはシャルロットだけである。ニヤリと笑って、シャルロットは楽しむ事にした。

「私も一緒に行きたいな～」

「なっ!?」

「ん～、どうしたのかな～？　驚いた声を出しちゃって。何か不味《まず》い事でもあるのかな、シルヴィアは？」

「いいえ。ただ、シャルロット様は別に行く必要は無いかと思いまして」

「え～、どうして？」

「それは、シャルロット様がここでしばらく生活していたから、町を見に行く必要が無いという事ですわ」

（ふふ～ん。まだまだ子供だけど、しっかりしてるね～）

　最初こそ動揺したシルヴィアだったが、今は何としてでもシャルロットの同行を阻止しようと言葉巧みに断ろうとしている。

「シャル。殿下を困らせるな。お前はさっきの事を進めていろ」

まさかのレオルドによる援護射撃でシルヴィアの顔色は良くなる。

もしかして、レオルドも自分と一緒の方がいいのではと勘違いするほどだ。

「一人じゃつまらないじゃない。一緒に行くくらいいいでしょう？」

「あのな、殿下は遊びに行く訳じゃないんだよ。お前と違って忙しい方なんだ」

「ぶ〜。じゃあ、帰ってきたら構ってくれる？」

「まあ、さっきの続きは俺も気になるからな。構わないぞ」

「やったー！　レオルド、大好きよ！」

過剰なスキンシップを見せ付けるシャルロットにシルヴィアは我慢したが、完全には無理だった。幼い子供のようにプクッと頬を膨らませていたのをシャルロットとイザベルは見逃さなかった。

シルヴィアは何とかレオルドと二人きりになる事をもぎ取ったが、心は晴れやかでは無かった。

シャルロットに弄ばれ心をかき乱されてしまい醜態を晒《さら》してしまったのだから、当然だろう。とはいえ、レオルドとデートが出来るようになったので心情的にはプラスである。

しかし、王族であるシルヴィアと領主であるレオルドを二人きりで、町へ向かわせる訳にはいかない。護衛としてバルバロトが候補に挙がった。

だが、そこはシルヴィアが許さない。折角、レオルドと二人きりになれる機会なのだ。どうして、邪魔になる護衛を許そうものか。

「大丈夫ですわ。レオルド様が付いてますもの」

「しかし、我々も仕事ですので……」

「王族の言う事が聞けないのですか？」

「うっ……」

流石《さすが》にそう言われると反論する事は出来なかった。そういう訳でシルヴィアは見事にレオルドと二人きりになる事が出来た。

町へ降りた二人は、視察という名目で見て回る事になる。さっきまではシャルロットに弄ばれて、沈んでいた気持ちも吹き飛び、今やルンルン気分である。何せ、レオルドと視察という名目ではあるが二人きりのデートなのだから。

腕を組んでレオルドに身体《からだ》を寄せるシルヴィアはニコニコしている。先程の事など遠い記憶の彼方《かなた》だ。

「殿下、腕を組む必要はないと思いますが？」

「ふふっ、いいではありませんか。いつどこで賊に襲われるか分かりませんもの」

「でしたら、何故、護衛をお断りになられたのです？」

「それは、レオルド様お一人で十分だと考えたからです」

「私もそれなりに戦えますが、こうもくっついていると、些《いささ》か動きにくいかと……」

遠回しにシルヴィアを引き離そうとするレオルドだが失敗に終わる。

「大丈夫ですわ。その時は私がスキルを使用しますので」

（神聖結界か……。でも、アレって対人に効果無かったような気が………。魔物や魔法には滅法強いけど）

シルヴィアが持つスキル、神聖結界は魔物と魔法には絶大な効果を発揮するが、対人には大した効果がない。もしも、ナイフを持った暗殺者《アサシン》にでも襲われれば、シルヴィアは為《な》す術《すべ》もないのだ。

その為《ため》に、レオルドがいるのだが。

今、レオルドは周囲の警戒をしている。ただ、シルヴィアの来訪は突然のものなのでゼアトの人間はシルヴィアが来た事など知る由もない。

だから、万が一という事を考えてレオルドは探査魔法を使っている。しかし、探査魔法も万能ではないので敵か味方かを判別出来ない。一応、近付いてくる者には反応するが、その程度である。

だが、安心して欲しい。

護衛はいる。ちゃんといるのだ。レオルドは気付いているが、ギルバートが気配を隠して護衛を務めている。

念の為にレオルドは保険をかけておいたのだ。ギルバートは伝説の暗殺者であるので、これくらいは朝飯前であろう。

　しかし、流石は伝説の暗殺者と言えばいいのか。レオルドはギルバートが付いてきている事は分かっていても、どこにいるかは把握出来ていない。恐らく近くにはいるのだろうが、純粋に凄《すご》いとしか言えない。

「どうかされました、レオルド様？」

「いえ、なんでもありません」

　平然を装ってレオルドは、シルヴィアを連れて視察へ向かう。

　近くの商店に寄ると、店主が手を揉《も》みながらレオルドとシルヴィアに近付いてくる。

「これはこれは、領主様ではありませんか。横におられるのは、なんと！　第四王女殿下ではありませんか！　そのように腕を組んでいるという事はご結婚なされたので？」

　店主はシルヴィアが王女だと知っていた。流石は商人と言ったところだろう。情報が命という商人は王族の顔も把握していたのだ。

「馬鹿な事を言うな。今日は視察に参ったのだ。殿下をご案内してるだけに過ぎん」

「そうですか、そうですか。でも、お似合いだと思いますよ～？」

「本当ですの!?　私とレオルド様はお似合いだと思いますか？」

「えっ、ええ。勿論《もちろん》でございます。美男美女のお二人はとてもお似合いですよ」

「まあ！　お似合いですって、レオルド様！」

　お世辞に決まっているのだが、喜んでいるシルヴィアを見て、レオルドは無粋な事を言わないように決めた。

「店主。励めよ」

「はい。勿論です！　今後ともご贔屓《ひいき》に！」

レオルドはシルヴィアを連れて店から離れる。二人が大通りを歩いていると、すれ違う住民達《たち》からは二度見されている。

シルヴィアが第四王女という事を、ゼアトの住民は知らない。それもそうだろう。ゼアトから王都までは離れすぎているので王族の顔を見た事がないのだ。それに、現代日本のようにテレビやネットがある訳ではないので、王族の顔を一生知らないままの人間もいる。

だから、領主であるレオルドと腕を組んで歩いている美少女に皆見とれているのだ。

なんと美しい方なのかと。そして、領主様《レオルド》はどこでその様な美少女を捕まえて来たのだと。

レオルドは良くも悪くも印象に残る人物だ。ゼアトに来た頃は、王都で噂《うわさ》になっている典型的な悪徳貴族と称されていた。最初はゼアトの住民も警戒して近付かなかった。

だが、ここ最近になってレオルドは変わった。領主となり、領地改革でゼアトを豊かにしてくれた。おかげでゼアトの住民は生活水準が上がり、レオルドには感謝しかない。

そんなレオルドに遂《つい》に春が訪れたのだと、ゼアトの住民は祝福していた。

「うふふっ！　レオルド様、私達ってどう見られているのでしょうか？」

「そうですね……。まあ、烏滸《おこ》がましい気がしますが恋人同士と言うのが無難でしょうか」

「やっぱり、そうですよね！　どうです？　いっその事本当に恋人同士になりませんこと？」

「ご冗談はおやめ下さい。私は公爵ではなく今や子爵です。殿下には相応《ふさわ》しくありませんよ」

「そんな事ありませんわ。爵位こそ低いですけど、レオルド様は偉業を成したお方。誰も文句など言いませんわ」

「それでも、言う者はいますよ。さあ、まだ視察は始まったばかりですから行きましょう」

「むぅ～。今はそういう事にしておきますわ！」

可愛《かわい》くむくれるシルヴィアに、レオルドはどう反応すればいいのか困ってしまう。何だかんだレオルドは、シルヴィアと一緒にいる事が悪い事では無いと考え始めているのだった。

そして、視察は終わりを告げようとしていた。そもそも、視察と言ってもゼアトは大きな町ではない。一日もあれば見て回る事が出来るのだ。

残ったのは砦《とりで》くらいしかないので、レオルドはシルヴィアに帰ろうと提案する。

「殿下。これ以上は見るものもありませんので屋敷へ戻りましょう」

幸せな時間というのはどうしてこうも早く過ぎてしまうのだろうか、とシルヴィアは落ち込んでいる。もう少しだけ、もう少しだけで良いからレオルドと二人でいたいと思うシルヴィアは我儘《わがまま》を言う事にした。

「もう少しだけ町を見て回りませんか？」

「もう見る場所がありませんよ？」

「でしたら、砦はどうでしょうか？　私、実は一度もゼアト砦の中は見た事ありませんの」

「そういう事でしたら、分かりました」

　少しだけシルヴィアは罪悪感に包まれる。もしかしたら、レオルドは迷惑に思っているのではないのかと。自分が王族だから、渋々従ってくれているのだと。そう考えると、やっぱり悲しくなる。

「あの……！　やはり、お戻りになりませんか……？　これ以上は他の方にもご迷惑かもしれませんので」

（突然どうしたんだ？　なんかさっきより顔が暗いな。もしかして、砦に登りたいのか？　うーん、分からん。でも、さっきまで行きたそうにしてたから連れて行くか。断られたら帰ればいいいし）

　内心でいろいろと考えたレオルドは砦の中も案内しておこうと、シルヴィアを連れて行く事にした。

「まだ、時間もありますのでもう少しだけご案内しますよ。さあ、行きましょう」

「えっ……！　でも、ご迷惑ではありませんか？」

「迷惑な訳ないですよ。こうして殿下と二人で一緒に町を見て回るのは楽しかったですから。どうせなら、最後まで行きましょう」

本音であった。嘘偽《うそいつわ》りのないレオルドの心からの言葉である。シルヴィアと視察している時に色々と質問攻めにされたが悪くない時間でもあった。

質問に答える度シルヴィアは驚き、時には笑い、楽しそうにしていた。レオルドにも新鮮な時間であったのは間違いない。

良くも悪くもレオルドは家臣達から信頼を得ており、何かをしても質問される事は少なかった。質問されて、答えたとしても大した反応もない事も多くなっていた。

だからこそ、シルヴィアの反応は見ていて楽しかったのだ。ただ、今だけかもしれないが、この聡明《そうめい》で美しい少女との一時《ひととき》は決して悪くないものであった。

「レオルド様がよろしければ……、是非！」

「ふふっ。では、行きましょうか。砦の上から見る景色は見物《みもの》ですから」

「それは楽しみですわ！」

まさか、レオルドから誘われるとは思ってもいなかった。しかも、こんな絶好の機会二度と来ないかもしれない。シルヴィアは断る事など頭にはなかった。

二人は砦の中へ入る。中にいる騎士達は敬礼して、二人を歓迎する。二人は、騎士達の邪魔にならないように移動して砦の上へと階段を登っていく。

砦の頂上までかなり階段があり、一日歩き回っていたシルヴィアにはキツかった。シルヴィアの体力が底を突いているのを見かねて休憩を挟もうとしたレオルドだが、シルヴィアは頑《かたく》なに拒否をする。

「殿下。あまり無理をなさらずにここは一度休憩をしてからでも」

「いいえ。そういう訳にはいきませんわ。ここで休むと騎士に迷惑を掛けてしまうかもしれません」

（どうしたもんか。俺が担いで登った方が早いけど、流石にそれはな……）

しかし、これでは埒《らち》が明かない。どう見てもシルヴィアは砦の頂上まで登れる気配はない。無理に手を引っ張った所で、シルヴィアを無闇に傷付けてしまうかもしれない。

ならば、いっその事担いだ方が良いのではと思案するが許されるか分からない。だが、いつまでもここで立ち止まる訳にもいかないので、レオルドは意を決してシルヴィアに尋ねた。

「殿下、御無礼を承知でお聞きします。お身体に触れる事を許して頂けるのなら、私が殿下をお運びします」

シルヴィアからレオルドに触れるのは問題があるとは言えないが、レオルドからシルヴィアに触れるのは問題がある。なので、レオルドは念の為、尋ねる事にした。

「えっ、えっ……？」

「殿下？」

「えっ、あっ、えっと、それはそのようにして私をお運び頂けるのですか？」

肩に担ぐ、脇に抱える、この二つは流石《さすが》に無い。ただでさえ、未婚の王族である女性《シルヴィア》を運ぶのだ。それ相応の運び方はあるだろう。

「所謂《いわゆる》、お姫様抱っこと言うものですが……」

（お、お姫様抱っこ！！　なんと言う甘美な響きでしょう！　是非とも、是非ともお願いしたいですわ！）

物語にも良くあるお姫様抱っこだ。勇者が囚《とら》われた姫君を助ける際に、姫君の身体《からだ》を抱えるのだが大抵はお姫様抱っこである。

女性にとっては一種の夢であるお姫様抱っこ。しかも、それが気になって仕方がないレオルドの手によって叶《かな》えてもらえるのだ。シルヴィアの脳内はピンク色に染まる。

「きょ、きょ、許可します！」

緊張に震えて上手《うま》く言葉が出なかったシルヴィアは恥ずかしさに顔が真っ赤に染まる。しかし、これからもっと凄い事になるのだ。この程度で顔を真っ赤にしているようでは心臓が持たないだろう。

「では、失礼しますね」

キョドっているシルヴィアに、少し首を傾《かし》げたレオルドだが、すぐに近付きシルヴィアを素早く抱き抱えて、お姫様抱っこの体勢になる。

（はわっ！　はわわわ！　どうしましょう、お母様……！　私、大人の階段を登ってしまいます……！）

大人の階段を登ってはいないが、砦の階段は登っている。心臓がバクバクと音を立てており、シルヴィアは自分がドキドキしている事がバレていないかとレオルドに目を向ける。

すると、涼しい顔でシルヴィアを抱えて階段を登るレオルドを見て高鳴りは止まらなくなる。

（カ、カッコイイ……！　レオルド様、素敵……）

語彙力の崩壊である。シルヴィアは無口になり、レオルドの顔を見詰めるばかりであった。その視線に気が付いたレオルドが首を傾けて、シルヴィアに問い掛ける。

「どうかされましたか？　もしや、痛い所でも？」

「いえ、いえいえ！　なんでもありませんわ。ただ、ダンス以外でここまで男性と密着したのが初めてでしたので……。少々緊張してしまい……」

「ああ、それは申し訳ありません。速く登りたいのですが、そうすれば殿下に負担がかかってしまいますので」

（優しい……。私の事を心配して下さるレオルド様……。眩《まぶ》しいですわ）

この時間が永遠に続けばいいのにとシルヴィアは心の底から願った。

しかし、無情にも頂上まであと少しとなって来た。この階段を登りきれば頂上である。シルヴィアは終わりが近付いている事を寂しく思っていた。

（ああ、この至福の時間もあと少しで終わりなのですね。もう少しだけ、堪能していたいのですが、これ以上はレオルド様に迷惑でしょう）

残りわずかとなった階段。お姫様抱っこしながらも平然と登るレオルドにシルヴィアは気になっている事を聞いてみた。

「あ、あの重くはありませんか？」

「へ？　いや、軽いくらいですよ。まあ、殿下しか知りませんけどね」

そんな風に少しだけ笑うレオルドにシルヴィアはトキメキが止まらない。

（私しか知らない！　私が初めて！　レオルド様の！　人生で初めての相手！）

お姫様抱っこのだ。ある意味初体験と言ってもいいが、断じて性的な意味はない。しかし、今のシルヴィアにとっては何よりも嬉《うれ》しく感じていた。レオルドの初めてを貰《もら》えた事に。

「さあ、着きましたよ。殿下、ここがゼアト砦の頂上です」

レオルドばかり見ていたシルヴィアはレオルドの言葉により風の吹く方向へ顔を向ける。そこにはゼアト砦の向こう側に広がっている広大な森に、燦々《さんさん》と輝く太陽があった。絶景とは言えないが悪くはない景色である。

「綺麗《きれい》ですわ、とても」

「ええ。次は反対側を見に行きましょうか」

「はい」

ところでいつまでレオルドは、シルヴィアをお姫様抱っこしているのか。降ろすのを完全に忘れているレオルドは、シルヴィアをお姫様抱っこしたまま反対側へと向かい、町を見下ろしている。

　ちなみにシルヴィアは気が付いているが、ずっとこの体勢がいいので何一つ指摘するつもりはない。

「どうですか。この町は」

「その……少々寂しい町かと」

「その通りです。私が行った水道工事もまだこの町を盛り上げる事は出来ていません。ですが、私はこの町を盛り上げるつもりです」

「それは、どのように？」

「それは秘密です」

　指を口に当てて秘密ですと答えたかったがシルヴィアを抱えていたのでレオルドは、お茶目にウインクをした。まさかのウインクに心臓《ハート》を撃ち抜かれたシルヴィアは胸を押さえる。

（はうっ！　死んでしまいます！）

「失礼。少々、調子に乗って――」

「いいえ！　謝る事などありませんわ！」

「えっ、あっ、はい」

　あまりの気迫にレオルドは何も言えない。ただ、返事をするだけであった。

「あのレオルド様。私、どうしても聞かねばならない事があるのです」

「なんでしょうか？」

「レオルド様はどこで帝国の技術を学んだのですか？」

この質問にレオルドは答えられない。答える事が出来ない。日本人である真人《まこと》の記憶にある知識を使って生み出したもの。

それが帝国のものと一致しているのだが、その答えをどう話せばいいか分からないのだ。

「答えては下さらないのですか……？」

「殿下……。今は信じて頂けないでしょうが、必ずや答えますので、それまで待って頂けないでしょうか？」

保留にして欲しいと、頭を下げるレオルドにシルヴィアは困ってしまう。王族の立場であるシルヴィアは、本当ならここで帝国との繋《つな》がりが疑われているレオルドに判決を下さなければならない。

だが、感情がそれを邪魔する。王族としてはあるまじき行為ではあるが、シルヴィアはレオルドを信じる事にした。

「分かりました。いつか、レオルド様が話してくれるのを待っていますね」

「殿下……！　ありがとうございます」

「ふふっ、楽しみですわ。レオルド様。貴方《あなた》が織り成すゼアトの未来が」

「ええ、見ていて下さい。王国、いえ、世界一の都市にしてみせますよ」

「まあっ！　それは是非とも見てみたいですわ。その時はまたご一緒してもよろしいでしょうか？」

「はい。その日が来たらまた共に」

「うふふ。約束ですよ」

「はい。約束です」

笑い合う二人。その光景は誰が見ても恋人同士にしか見えなかっただろう。

「あ、あのレオルド様。もう、降ろして頂いても」

「あっ、申し訳ありません！」

シルヴィアは降りたくは無かったが、砦《とりで》の階段を降り切った先にいた騎士達《たち》から注目を浴びて、恥ずかしくなったのでレオルドに降ろしてもらう事にした。

二人きりの時ならば、いくらでも構わないのだが、やはり人前だと少々恥ずかしいシルヴィアであった。


屋敷へ戻った二人は別れて、お互いに仕事へ戻る。とは言ってもシルヴィアの方は特に何も無いのでイザベルとレオルドとのデートについて語り合うだけであった。

「レオルド様がね！　レオルド様が――」

「はい。はい――」

止まらない乙女トークにイザベルは微笑《ほほえ》んでいた。まさか、ここまでレオルドに夢中に

なるとは思いもしなかった。最初は興味が湧いたと聞いて、レオルドの元に送られたと言うのに、今では、シルヴィアは恋する乙女だ。

主君の変化は嬉しい事でもあったが、少々寂しくもあった。シルヴィアは達観している部分があったので恋する事は無いと思っていた。

いずれは政治の道具として有力な貴族か、隣国に嫁ぐものとばかりと考えていたのに、今では年頃の女の子になっている。

イザベルは自分も同じように誰かに恋する事が出来るのだろうかと、シルヴィアの話を聞きながら考えていた。

その頃、レオルドはシャルロットと魔法の袋を作製する事に神経を注いでいた。

「おわあああああああっ！」

「きゃあああああああっ！」

魔法の制御に失敗してレオルドは天井に叩《たた》きつけられて、シャルロットは壁に叩きつけられた。

果たして本当に上手くいくのだろうか。

二人の悲鳴にドタバタと忙しくなる屋敷は賑《にぎ》やかに一日が過ぎるのであった。


またまた王都へ帰ってきたレオルドはシルヴィアと共に王城へ向かう。ただ、一つ問題なのがシャルロットがいる事だ。

「シャル。大人しくしておけよ」

「分かってるわよ。それくらい！」

「まあまあ。レオルド様。シャルロット様ならば陛下も咎《とが》めませんよ」

「しかし、殿下。それではシャルが調子に乗るだけですよ？」

「もう〜！　別に問題ないでしょ？　今回は私とレオルドが作った魔法の袋もある事だし、大抵の事は許されるわ！」

「シャルロット様の仰《おっしゃ》る通りだと思いますよ。まさか、帝国に一つしか無いとされていた魔法の袋を作り上げた功績は、爵位を得てもおかしくありませんから」

「そうよ！　シルヴィアはいい子よね〜。どこかの頑固者と違って」

「頑固者とは誰の事だ？」

「貴方に決まってるじゃない！」

「ほう？　お前がいい加減なのが悪いんだろうが！」

「きゃあ〜！　助けて、シルヴィア」

「レオルド様、あまりシャルロット様を責めても何も変わりませんよ」

「くっ……！　はあ……、取り乱してしまいました。お許しを殿下」

「これくらい全然構いませんわ」

「私に謝罪するのが先でしょ〜？」

「……」

無言で電撃を浴びせてやろうかと本気で考えるレオルドだが、シャルロットは常に魔法障壁と物理障壁を同時展開並びに計八層にも重ねている。

レオルドが本気で魔法を撃ち込めば、破壊出来るがシャルロットも本気を出す事になるだろう。

ここでレオルドとシャルロットが本気を出して戦う事になれば、間違いなく王城は崩壊するだろう。

レオルドも鍛錬を続けており、シャルロットから直々に魔法を学んでいる。相当な実力になっているので、シャルロット相手でも善戦するだろう。

近接戦闘のみに持ち込む事が出来たなら、レオルドは勝てる。だが、シャルロットはレオルドからの助言を経て、転移魔法を習得しているので近接戦闘に持ち込むのは相当に厳しい。

さて、そんな事は置いといてレオルド、シルヴィア、シャルロットの三人は玉座の間に辿《たど》り着く。国の重鎮達が肩を並べており、三人を見詰めている。

「陛下。レオルド・ハーヴェスト子爵とシャルロット・グリンデ様をお連れしました」

「うむ。ご苦労」

シルヴィアは一礼すると国王の横へ並び立つ。リヒトーと宰相とシルヴィアの三人が国王の左右に待機している。

そして、国王が跪《ひざまず》いているレオルドと自然体で佇《たたず》んでいるシャルロットへと顔を向ける。

「貴女《あなた》が、かのシャルロット・グリンデで相違ないか？」

「ええ。間違いないわよ」

「そうか。お初にお目にかかる。私はアルガベイン王国六十四代国王のアルベリオン・アルガベインである」

「よろしくね～」

「貴様っ！　陛下に対して――」

両脇に待機していた貴族が突如膝から崩れ落ちてしまう。分かっているのはシャルロットが噛《か》み付いてきた貴族に目を向けた事だけである。

「他に文句のある人は？」

『……』

シャルロットの魔法によるものだと分かっているが、発動したかどうかすら分からなかった貴族達は顔を青くして沈黙する。

「勘違いしないで欲しいのだけど、私はどこか一つの国に肩入れするつもりは、一切ないわ。だから、たとえ王様だろうと私に文句があるなら覚悟して欲しいわ」

「なるほど。十分に理解した。以降、発言には気を付けよう」

「あ、それと、私を利用しようなんて考えない事ね。私はこの国じゃなくてレオルドの仲間であって味方では無いから～。勿論《もちろん》、レオルドを通して、私を利用しようものならその時は一切容赦しないわ。私だけでなく私の大好きなレオルドを利用するのだから、当然よね」

シャルロットの発言に両脇にいた貴族達は騒然とする。先程、シャルロットが述べた言葉の意味が正しいのならば、レオルドは強力無比の存在を手中に収めているのだから。

「陛下。少々、訂正を。シャルロットが私に好意を抱いているとお思いでしょうが、違います。シャルロットは私が成した転移魔法を復活させた知識に興味が湧いているので、友愛、親愛、恋慕ではなく好奇心という認識でお願いします」

「そうか。つまり、お前の知識を欲しての事か」

「はい。その通りにございます」

「そう思っていいのだな？」

「まあ、その通りね。私が長年研究していた転移魔法を復活させたレオルドには興味が湧いたから、これからもしばらくは一緒にいるつもりよ」

「分かった。ならば、臣下達には私から言い聞かせておこう」

「ありがとね、王様〜。あっ、それと、さっきから私に殺気をぶつけて来てるお兄さん、死にたいのなら相手してあげるわよ？」

シャルロットが見つめる先にリヒトーがいる。国王が振り返ると、そこには険しい顔をしているリヒトーが見えた。

「リヒトー。私を思う気持ちは分かるが、今は弁《わきま》えろ」

「申し訳ありません。陛下、シャルロット様」

「いいのよ～。王様に対して無礼な振る舞いをしてる私の方が悪いんだし」

「分かっているのならやめろ」

自覚しているシャルロットに注意するレオルドだが、シャルロットは聞かない。

「嫌よ。だって、私はこの国に忠誠を誓ってる訳じゃないんだから」

「良い、レオルド。シャルロットよ。部下が失礼な事をしてしまったな。許してくれ」

「別に怒ってないからいいわよ。でも、次は気を付けてね」

世界最強の魔法使いと王国最強の男。どちらが強いかと言えば世界最強の魔法使いシャルロットだろう。

勿論、近接戦闘に持ち込む事が出来るのならリヒトーにも勝ち目はある。だが、転移魔法を習得したシャルロットの前には敵《かな》わないだろう。

「では、今回レオルドとシャルロットが開発してくれた魔法の袋について話そう」

既にシルヴィアが国王へ報告済みであったので、謁見はスムーズに行われる。今回もまたレオルドの功績は非常に大きく、扱いに困ってしまったが、今後の事を考えれば都合が良かった。

いずれは王家に取り込む予定なので爵位を上げる事とした。レオルドは今回、伯爵位へ昇進する事が決まったのだった。

伯爵へ昇爵《しょうしゃく》したレオルドは、実家である公爵家へ帰ってきていた。勿論、シャルロット

のだ。

そう、世界最強の魔法使いシャルロットとレオルドの母親オリビアが対面する時が来たも一緒にだ。

「そちらの方があのシャルロット・グリンデ様？」

「そうです。母上。しばらくは転移魔法の件で滞在する事になりましたのでシャルロット共々よろしくお願いします」

「よろしくね～、レオルドママ～」

「まあ！　まあまあ！　ええ、ええ。どうぞ、いつまでいても構わないわ。それにシャルロットさん。孫の予定はいつかしら？」

盛大に勘違いしているオリビアにレオルドは咳《せ》き込んだ。

「は、母上っ!?　シャルと私は、そのような関係では無いですよ！」

「えっ？　そうなの？　でも、シャルロットさんは私の事をさっきママって言ってたから、私はてっきり二人は結婚するものかと」

「え～、そう見えます～？　だって、レオルド！　このまま結婚する？」

「お前も悪ノリするな！　母上、シャルは私の相談役みたいなものです。魔法の知識が誰よりも深く頼りになる女性ですが、結婚などは考えていませんよ！」

「でも、レオルド。シャルロットさんはとても素敵な方じゃない。女の私が見ても惚《ほ》れ惚《ぼ》れしちゃうくらいのスタイルよ？　しかも、世界で一番強い魔法使いなのでしょう？　どこに不満があるのかしら？」

「や～ん！　レオルドママったら褒め過ぎですよ～！　どうしよう。レオルドママの子になれるなら私、レオルドと結婚してもいいわ」

オリビアの規格外とも言える包容力にシャルロットも骨抜きである。このままでは、本当にレオルドと結婚もありかもしれない。

それに、レオルドは結婚相手としては申し分ない。現在は伯爵だが、今後も功績を挙げて爵位を上げるのは確実だ。

それに、異世界の知識を用いた領地改革は、恐らく帝国すら上回る事だろう。将来を見据えればレオルド以上に優良な男は見つからない事間違いなしだ。

さらには、オリビアとベルーガの血をしっかりと継いでおり、逞《たくま》しい身体《からだ》に女性を虜《とりこ》にする甘い顔面《マスク》の持ち主でもある。外見的要素も申し分ない上に、レオルドは戦闘力までずば抜けている。

やはり、これだけの要素が揃《そろ》ってるレオルドとなら結婚しても問題ないのではと、シャルロットは本気で考え始める。

「ねえ、レオルド。私の事嫌いかしら？」

「はあっ!?　お前はいきなり何を言い出すんだ!?」

「あら、あらあら？　うふふっ。レオルド。ベルーガの方に挨拶を終えたら、シャルロットさんと二人でお話ししたいのだけどいいかしら？」

「えっ、それは！　シャルと母上を二人きりにするのは私としては少し心配です……」

「お願い、レオルド。ほんの少しだけでいいから」

「……、分かりました。母上が望むのなら」

「ありがとう、レオルド。それで、いいかしら？　シャルロットさん」

「私は全然構わないわ」

「シャル。一つだけ言っておく。もしも、母上を傷付けるような真似《まね》をしてみろ。その時は俺の一切合切を以《もっ》て貴様を殺す」

今まで感じた事のないレオルドの本気の殺気に、シャルロットはゾクゾクとした。今のレオルドはまだシャルロットよりは弱い。
・だが、異世界の知識を持っているレオルドが、一切合切を用いて殺すと宣言してきたのだ。つまり、何かしら秘策を持っているという事。
シャルロットは、それが何かは予想もつかないが、本気のレオルドと戦えるのなら戦ってみたいという欲が生まれた。

「うふっ、うふふふふ！　素敵よ、レオルド。でも、安心して。貴方《あなた》のお母さんを傷付けるような事は絶対しないから」

「……、まあ、そうだろうな。お前は悪意を持って近付いてくる奴《やつ》には容赦しないが、そうでないなら悪いようにはしないって知ってるからな」

「もう私の事理解しちゃって。うりうり～」

嬉《うれ》しそうにシャルロットは、レオルドの頬を指先でぐりぐりする。されるがままのレオルドは、オリビアへ顔を向ける。

「母上。まあ、シャルはこんな奴ですけど、よろしくお願いします」

「ええ、大丈夫よ。二人の様子を見て悪い人じゃないってのは十分理解したから」

一旦、オリビアと別れてレオルドはシャルロットを連れて、ベルーガに挨拶へ向かう。

「……、お前はなんとも、まあ……！　色々と大変だな」

「慣れました。父上、私は慣れましたよ。ははっ」

「よろしくね、レオルドパパ～」

「パ……！　おほん。シャルロット様、どうか息子の事をよろしく頼む」

「はぁ～い。任せなさーい！」

「そして、レオルドよ。頑張るんだぞ」

「目が泳いでるぞ、クソ親父《おやじ》ぃっ！！！」

「はあっ!?　お前、また私に向かってそのような口の利き方を！　いいだろう。一度、お前には父親の恐ろしさを叩《たた》き込まねばならんようだな！」

「ようし、やってやろうじゃねえか！」

「表へ出ろ、レオルド！」

「私はママの所に行ってるから、じゃあね～」

シャルロットは、ムキになった二人の男を放置して、オリビアの元へ戻る。そのあと、ドタバタとしてレオルドとベルーガが外に出て行き、ちょっとした騒ぎになるのは当たり前であった。

公爵邸は今緊張に包まれていた。

それもそのはず、公爵家現当主ベルーガ・ハーヴェストと、息子であり伯爵のレオルド・ハーヴェストの親子喧嘩《げんか》の火蓋が切られようとしているのだから。

「父上。思えばいつぶりでしょうか。私と貴方がこうして向かい合うのは」

「そうだな。お前が道を踏み外してからは一度も無かったから、五年以上前だろう」

「ははっ。懐かしいですね」

「ああ。随分と懐かしい」

「父上。手加減はいりません」

「抜かせ。お前の方こそ手加減などせずとも全力で来なさい」

「では――」

「――来い」

父と息子の戦いが今幕を開けた。

さて、公爵邸の広い中庭でレオルドとベルーガが親子水入らずの時間を過ごしている中、オリビアはシャルロットと二人で紅茶を飲んでいた。

「どうかしら、シャルロットさん。美味《おい》しい?」

「ええ。とっても美味しいわ」

「そう、良かった。それで、聞きたいのだけど、シャルロットさんはレオルドの事をどう思ってるのかしら？」

「ううん、そうね～。興味深くて面白い玩具箱《おもちゃばこ》かしら」

「男の子としては見てないの？」

「まだ、異性としてはね。嫌いでは無いけれど、結婚となるとまだ足りないかしら」

「そうなの？　私としてはね、シャルロットさんにはレオルドのお嫁さんになってもらいたいわ」

「ええッ？　それはどうして？」

「レオルドは前までやんちゃな子だったの。今はとてもいい子だけど、またいつかどこかで迷子になっちゃうかもしれない。そんな時にシャルロットさん、貴女《あなた》がいればきっと大丈夫だと思うの」

「でも、レオルドにはシルヴィアがいるわよ？」

「ええ。私は二人にレオルドの事を任せたい。レオルドはきっと自分を引っ張ってくれるような女性に惹《ひ》かれると思うの。それに、私はまだレオルドの事が心配なの。ずっと嫌な感じが胸から離れないでいる。何か悪い事が起きてレオルドがいなくなってしまうんじゃないかって……。だからね……！　シャルロットさんがいればレオルドを守ってもらえるでしょ？」

「勿論《もちろん》よ。私はまだレオルドの事を異性としては意識してないけれど好きなのは確かだから、守ってみせるわ」

「良かった。だったら、やっぱりレオルドと一緒になって欲しいわ。それに、うふふ。シャルロットさんとこうして話すのはとっても楽しいもの」

「ええ。私もよ」

朗らかに笑うオリビアに一切の悪感情はない。シャルロットは、これ程までに悪感情を抱いていない人間を見たのは初めてであった。

（これが母親なのね。羨ましいわ、レオルド。何の見返りもなくただ無償の愛を注いでもらえるなんて……。この人の娘になるのも悪くないわね。きっと、私の事も可愛《かわい》がってくれるのでしょうね。ふふっ。私の方が歳上《としうえ》なのに）

レオルドしか知らないが、シャルロットは年齢不詳である。ゲームの設定ではシャルロットは魔法により老化を防いでおり、どれくらい生きているかは定かではない。

だが、その圧倒的な知識量に魔法への理解から、人間の寿命はとうに超えているだろう。故にシャルロットは真の意味で魔女と呼べる存在なのだ。

ゲームではシャルロットについてはあまり掘り下げられない。なぜならば、シャルロットはゲームに大して関わらないからだ。

イベントキャラであり、世界最強とされているが基本は主人公達《たち》に少しばかり依頼をするだけである。

ヒロインでもなければサブヒロインですらない。

でも、モブキャラという訳でもない。

製作者《かみさま》が作り出した所謂《いわゆる》ネタキャラなのだ。ただし、冗談抜きで世界最強の魔法使いなので勝つ事は出来ない。

ゲームの時もシャルロット戦では耐久するか、障壁を全て破壊するかでしか決着がつかないのだ。負ける事はあっても勝つ事は出来ない。それが世界最強の魔法使いシャルロットだ。

「それにしても騒がしいわね。ベルーガとレオルドが喧嘩してるって話だけど終わったのかしら？」

「さあ。でも、面白そうだから見に行かない？」

「大丈夫かしら？　あの二人が戦ったら凄《すご》い事になってそうだけど……」

「平気よ。最悪、私が止めてあげるわ」

「そうね。すっかり、忘れてたわ。シャルロットさんがいるのだから、平気よね！」

「まっかせて～。もし、本気で戦ってても止めてあげるから！」

「うふふっ。ホントに心強いわ。貴女がレオルドの側《そば》にいてくれてホントに嬉しいわ。ありがとうね、シャルロットさん」

「どういたしまして。じゃあ、見に行きましょうか」

二人の女傑が腰を上げる。外でドンパチ騒いでいる二人の男を止める為《ため》に。

「くっ！　お前は父親に花を持たせる気はないのか！」

「父上こそ、息子に花を持たせようという気はないのですか！」

魔法の撃ち合いから剣のぶつかり合い。一進一退の攻防が続いていた。やはり、レオルドの父親であるベルーガは強い。レオルドも強いが、ベルーガは中々に善戦している。

「ライトニング!!」

「ぐっ、おおおっ！」

落雷を障壁で防ぐベルーガにレオルドは駆け寄り、握っている木剣を振り抜く。

「ぬおおおっ！」

「っ！　足癖が悪いですよ、父上！」

「戦場で優美に戦う事もあるだろうが、戦いとは勝ってこそだ！　覚えておけ、レオルド！」

無防備になっていた所へ振り抜いた木剣はベルーガが足を上手《うま》く使って防いだ。

「なるほど！　勉強になります！」

距離を取った二人は、互いに魔法を撃ち合い、爆炎を巻き起こす。すかさず、距離を詰めて木剣をぶつける二人は獰猛《どうもう》に笑っていた。

「多少、昔のように戦えるようになったからと言って父親に勝てると思うなよ！」

「昔とは違いますよ、昔とは！」

『おおおおおおおおおおっ！！！』

両者の雄叫《おたけ》びが重なり、熱が入りすぎて誰も近寄れない。最早《もはや》、どちらかが倒れるまで続くかと思われたが、決着は呆気《あっけ》なく訪れる。

「はいはい。もう十分でしょ。これにて終わり」

ベルーガが倒れて、レオルドは片膝を突く。尋常ではない眠気がレオルドを襲っており、シャルロットへと目を向ける。

「睡眠か……！」

「わぁお……。また抵抗《レジスト》しようとしてるの？」

「ぐっ……。いいや、今の俺ではやはり、まだ無理だろうな。だが、いずれは……！」

バタリと倒れるレオルドに、シャルロットは震えた。自分の魔法に抗《あらが》ってみせたのだ。

一体どこまで成長するのだろうかと、シャルロットは将来を楽しみにしている。

（本当にレオルド、貴方は私を楽しませてくれる。きっと、これから先も）

二人が眠りについた事により親子喧嘩は幕を閉じる。使用人達が二人を私室へと運んでいき、これにて親子喧嘩は終わりである。


パチリとレオルドは目を覚ます。見慣れた天井が視界に入ってきて、ここが私室だと分かる。身体《からだ》を起こして動きを確かめる。

特になんの後遺症もないのでレオルドはベッドから起き上がり部屋を出る。

部屋を出ると使用人が丁度呼びに来たのか、扉を開けたらノックをしようと固まっていた。

「何か用か？」

「あっ、はい。シャルロット様からそろそろ目覚める頃なのでお呼びするように言われましたので」

「ん。そうか。シャルはどこに？」

「はい。食堂の方です。もう、お夕食の時間ですから」

「分かった。案内してくれ」

使用人の後ろを付いていくレオルドは食堂へと入る。中には、ベルーガ、オリビア、レグルス、レイラ、そしてシャルロットがいた。

何故《なぜ》かシャルロットはレグルスとレイラの間に座っており、先程から二人にちょっかいを掛けている。それを誰も注意する事はなく、二人はされるがまま。

ここは兄として止めるべきかと迷ったレオルドだが、二人に嫌われている自分が何かを言えば間違いなく睨《にら》まれる事になるので黙っておく事にした。

「あ～ん！　レグルスもレイラも可愛いわ！　私の事は気軽にシャルお姉ちゃんって呼んでね」

一先《ひとま》ず、シャルロットの戯言《たわごと》は無視してレオルドは席に着いた。

「父上。お元気そうで何よりです」

「そちらもな。しかし、彼女には驚かされるばかりだ。為《な》す術《すべ》もなく眠らされるとは……」

「仕方がありませんよ。ギルですら簡単にあしらうんですから」

「末恐ろしいものだ。しかも、今や、お前の嫁候補だと言う」

「ふぁっ!?　父上。ご冗談はよして下さいよ。ははははっ……、誠で？」

「ああ。オリビアから聞いたぞ。シャルロットは正式にお前の嫁候補だそうだ」

「母上ぇっ!?　その話は本当なのですか!?」

「うふふ。ええ、本当よ。シャルロットさんには私からお願いしたの。レオルドをよろしくねって」

「お……おおっ!?　おい、シャルー　お前は了承してないよな!?」

「不束《ふつつか》者《もの》ですが末永くよろしくお願いするわ、レオルド！」

「頭が痛くなるような冗談はよせ！」

「ふふふふ。まあ、一応は頭に入れておいてね。まだ、私にその気はないけど、貴方《あなた》のお嫁候補だって事を」

「うっ……！　胃に穴が空きそう……」

腹部に嫌な痛みが走るレオルドはキュッとなった下腹部を押さえる。

「レグルス、レイラ。私がお姉ちゃんになったら、なんでもしてあげるからね～」

「でしたら、そこの男を始末して下さいと言ったらしてくれるのですか？」

「あら？」

「そうですね。シャルロット様が考えつく限りの痛みをあの人に味わわせてもらいたいですね」

「あら？」

シャルロットが二人にどれだけちょっかいを掛けても何の反応も見せなかったのに、レオルドが絡んだ途端に二人は憎悪を露《あらわ》にした。

「レオルド。貴方、相当嫌われてるわね〜」

「……うるさい」

「レグルス、レイラ。レオルドは嫌っても私の事は嫌いにならないでね〜」

二人は特に答えない。ただ、見詰める先にはレオルドがいる。その瞳には何が映っているのかは、誰にも分からない。

唯一、分かるとすれば二人はまだレオルドを許す事が出来ないという事だ。

「ところで、レオルド。今回は、転移魔法の件で陛下はお前を呼んだそうだが、いけそうか？」

「私一人ならば少々厳しかったでしょうが、シャルもおりますから問題ないでしょう。逆に懸念があるとすればシャルが暴走しない事ですかね」

「御し切れるのか？」

「父上。私と父上が二人掛かりでも勝てる相手では無いのですよ？　私一人でどう止める事が出来ましょうか」

「そうだな。そうだったな……。レオルド、くれぐれも彼女の機嫌を損なうような事はするなよ」

「あのね～、二人とも聞こえてるから。私も怒るわよ」

「まあ、そう怒るな。シャル、お前を評価していての事だ」

「む～、納得出来ないけど、オリビアに怒られたくないから我慢してあげるわ」

驚愕《きょうがく》、衝撃の驚天動地である。よもや、世界最強の魔法使いたるシャルロットが母親《オリビア》に叱られたくないからと怒りを鎮めたのである。

レオルドとベルーガは互いに顔を見合わせてオリビアを見詰める。二人に見詰められるオリビアは、よく分かってないようで首を傾《かし》げている。

「何があったと言うのだ？」

「私が聞きたいですよ」

「とにかく、オリビアがいれば平気という事か？」

「さっきの言葉が真実ならば、恐らくは……」

「うーむ……。毎度オリビアには驚かされるが、まさか彼女を丸め込むとは」

「母上って何者なんです？」

「まあ、かつては社交界を牛耳っていた程だ。そして、同時に多くの女性から畏怖の眼差《まなざ》しを受けていたな」

「気になりますけど、逆に恐ろしくて聞けませんね」

「母は強しだ、レオルド。恐らく私とお前が一生勝てない相手だ」

「なるほど。確かに」

「うふふっ。二人ともわざとかしら？」

慌てて訂正する二人は、やはりオリビアに勝てないだろうと頭と身体で理解した。

賑《にぎ》やかな食事会は続く。シャルロットのおかげで、レグルスとレイラも交ざって楽しい時間が過ぎていった。

良くも悪くもシャルロットという緩衝材がいてくれたおかげでレオルドは久しぶりに家族と一緒に食事をとる事が出来たのである。陛下からの依頼とあってレオルドはシャルロットと共に転移魔法を研究しているという場所へと来ていた。

「ふむ、ここだな」

「ふ～ん。ここなら、多少何かあっても問題なさそうね～」

住宅街から離れた場所にあるので、シャルロットの言う通り、何か事故が起きても被害は出ないだろう。ただし、研究者達《たち》の命は保証されていない。

「不吉な事を言うな。行くぞ、シャル」

「は～いっ！」

「いちいち腕を絡める必要は無いんだぞ」

「いいじゃない。減るもんじゃないんだし」

「はあ……、好きにしろ」

腕を絡めてくるシャルロットにこれ以上何を言っても聞かないと思えたので、レオルドはそのまま研究所へと入っていく。

中へ入るとレオルドとシャルロットを待っていたようで、一人の職員が対応した。

「お待ちしておりました。レオルド・ハーヴェスト伯爵にシャルロット様でございますね」

「ああ。陛下からの依頼で参った」

「承っております。どうぞ、こちらへ」

職員に案内されて研究所の中を歩き回る二人は、研究所内を見学する。ある程度の設備が整っており、これならば問題はないだろうと二人は判断した。

ただし、いくつかの改善点が見られたが、それは指摘するべきではないだろう。余計な事をして恨まれたくはないのだ。

「こちらで転移魔法の研究をしております。現在、レオルド様が復活させた魔法陣以外は未《いま》だに完成の目処《めど》は立っておりません」

軽く説明を聞いた二人は研究室へ入り、研究者達に挨拶をする。

「今日から、しばらく転移魔法について教える事となったレオルド・ハーヴェストだ。そして、こちらの女性は知っての通り、かの有名なシャルロット・グリンデだ。以降、よろしく頼む」

「よろしくね～」

集まった研究者達は二人を歓迎するように拍手を送る。

早速、二人は何で躓《つまず》いているのかを確認する為《ため》、話を聞いていく。

聞く所によると、魔法陣は問題がないと言う。確かめてみると、レオルドが発見した魔法陣を模写しているので、確かに間違いはないだろう。念のためにレオルドも確認してみたが、間違っている箇所は見つからない。

では、魔力が足りないのかと思ったが、それも違う。じゃあ、場所も関係あるのかと思ったが、それも違うという。

一通り、考えられる原因は全て試したらしい。これにはレオルドもお手上げである。どうしたものかと頭を悩ませていると、シャルロットに肩を叩《たた》かれる。

「ん？　何か分かったか？」

「あのね、もしかしてなんだけど、転移魔法について理解が足りないんじゃないかしら？」

「そうなのか？　でも、俺は簡単に出来たぞ？」

「だって、それは貴方が特別だからよ。ほら、貴方には異世界の知識があるでしょ？」

「言われてみれば、そうだが……。でも、お前も簡単に使ったじゃないか」

「それは、私が長い間研究していたからよ。だから、ある程度は転移魔法、いいえ、空間というものに理解があったからって話なの」

「あー、なるほど。でも、ゲームではヒロインが普通に使ったけど？

「それは、ゲームだからって省略されたんじゃないかしら？　もしくは、そのヒロインちゃんが本当に天才だったかのどちらかね」

「うーん。じゃあ、彼らには空間について詳しく話せば転移魔法も使用が可能になると？」

「多分、難しいと思うわ。そもそも、レオルドも転移魔法は使えないでしょ？」

「ああ。魔法陣があれば可能だが、単独での使用は不可能だ」

「単独での使用には恐らく相当な知識が必要よ。だから、魔法陣はその足りない部分を補ってくれているの」

「ふむ。ならば、やはり彼らには知識を与えるべきと？」

「時間はかかるでしょうけどね」

　解決法は分かったので、あとは実践するだけ。レオルドとシャルロットは研究者達に空間についての勉強を教える事になる。

エピローグ

一方、レオルドとシャルロットが転移魔法について勉強会を行っている頃、密《ひそ》かにレオルドへ魔の手が忍び寄っていた。

王国内のとある場所で複数の男達が集まっていた。

「レオルド・ハーヴェストについて何か分かったか？」

「集めた情報によりますと、転移魔法を復活させる数年前までは典型的な悪徳貴族だったらしく、決闘に敗北した事でゼアトへと追いやられたそうです。それ以降は、表舞台から姿を消していたようですが、モンスターパニックの際に才能の片鱗《へんりん》を見せ、大きく変わったという事。そして、現在は伯爵になりゼアトの領地を改革しているそうです。しかも、帝国の作りに似ているという話です」

「ほ～、なんとも怪しい話だ。帝国とのつながりはどうなんだ？」

「それが一切見つからないのです。この事から、レオルド・ハーヴェストには他にも何かあると思われます」

「ははっ。おかしな野郎だが、関係ない。俺達は仕事をこなせばいい。レオルドの弱点は分かったか？」

「それが……」

「なんだ。言って見ろ」

「交友関係などを調べた所、表面的には親しい人間がいませんでした」

「はあ？　一人もいないのか？」

「はい。元婚約者の方も調べましたが、どうやら仲違《なかたが》いをしているようで人質にしても応じる事はないかと。それから、家族の方も双子の弟と妹からは相当恨まれているようでして、こちらも人質としては弱いかと……」

「おいおい、マジかよ……」

「ですが、弟の方は次期当主らしくレオルドを差し出してでも助ける可能性は高いかと思われます」

「そうかもしれんが、お前は公爵家次期当主と現在圧倒的な功績を挙げている男。どちらを重要視する？」

「前者では？」

「まあ、普通ならそうだろう。公爵家の方が格上だから新興貴族なんぞよりも重要視されるだろう。だが、レオルドの価値は恐らく公爵家よりも上なはずだ」

「そんなまさか！」

「良く考えてみろ。俺達がこうやって王国に来ているのも、お偉いさんからの依頼だ。つまり、どうしてもレオルドが欲しいんだろうよ」

「しかし、どうやって誘《おび》き出すのですか？」

「妹の方を使うか。恨まれていても兄妹《きょうだい》だ。来なかったら来なかったで別の手を考えりゃ良い」

「分かりました。では、早速行ってまいります」

「しくじるなよ」

世界は回り、運命は動き出した。レオルドという一人の人間を巡って、遂《つい》に動き出したのだ。これから、レオルドは自分がどのような変化を世界にもたらしたのかを知る事となる。

あとがき

読者の皆様お久しぶりでございます。

待ちに待ったエロゲ転生第二巻でございます。ご購入ありがとうございます。

今回、半年ほど空いてしまいましたが、こうして無事に第二巻を出すことが出来ました。

これも読者の皆様の応援のおかげです。本当にありがとうございます。

さて、第二巻は如何《いかが》だったでしょうか。新たなキャラに加えて新展開です。

WEB版でも出ていますが、こうしてイラストにして下さった星夕先生には多大な感謝を。本当に素晴らしいイラストです。皆様も満足していただけると思います。


話は変わりますが、2022年になりましたね。皆様はいくつになられるのでしょうか。

ちなみに私の年齢は秘密です。一応成人はしてますから、エロゲをしても問題ないですよ。

エロゲのおススメを聞かれてもお答え出来ません。性癖がやばいからとかじゃないです。

道は作るもの、性癖は開拓するものだと偉い人に教わったからです。

だから、皆様も頑張って開拓しましょう。決して他人の性癖を貶《けな》したりしないように。


段々と話がずれてしまいましたが、今回のエロゲ転生について少しお話ししたいと思います。

結論を言うとプロットなどは書いておりません。頭の中で目標地点を決めてるだけです。後はそこまでどうやって持っていくか。それだけしか考えておりません。なので行き当たりばったりが多いですし、設定とかも忘れがちです。一応メモはしてます。

とはいえ、何度も書き直したりしました。ここはこういう風がいいのではといった感じに。

そうして出来上がったのが第二巻ということです。何文字修正したかは覚えてません。と、まあ、そのような感じです。第三巻も出せたらいいなーと思っております。はい。しかし、そこは商売なのでどうなるか分かりません。

ですので、何卒《なにとぞ》『エロゲ転生』をよろしくお願いします。

ここまで書いておいてなんですがあとがきって何を書けばいいか分からないんですよね。一体何を書けばいいのか。そこで色々と参考にしようとした結果がこれです。

果たして、これで本当によかったのかと疑問に感じますが、まあいいでしょう。

これで何度目になるかは分かりませんが、『エロゲ転生』第二巻を購入していただきありがとうございます。どうか、これからも応援よろしくお願いします。

名無しの権兵衛

作品のご感想、
ファンレターをお待ちしています

あて先
〒141-0031
東京都品川区西五反田 8-1-5 五反田光和ビル4階
オーバーラップ文庫編集部
「名無しの権兵衛」先生係／「星夕」先生係

OVERLAP

エロゲ転生
運命に抗う金豚貴族の奮闘記 2

発　　行　2022年1月25日　初版第一刷発行

著　　者　名無しの権兵衛

発 行 者　永田勝治

発 行 所　株式会社オーバーラップ
〒141-0031　東京都品川区西五反田8-1-5

校正･DTP　株式会社鷗来堂

印刷･製本　大日本印刷株式会社

Printed in Japan　ISBN 978-4-8240-0084-2 C0193

オーバーラップ文庫
ハズレ枠の【状態異常スキル】で
最強になった俺がすべてを蹂躙するまで
手にしたのは、絶望と――
最強に至る力
クラスメイトとともに異世界へと召喚された三《み》森《もり》灯《とう》河《か》。E級勇者であり、「ハズレ」と称される【状態異常スキル】しか発現しなかった灯河は、女神・ヴィシスによって廃棄されることに。絶望の奈落に沈みつつも復讐を誓う彼は、たったひとりで生きていくことを心に決める。そして魔物を蹂躙し続けるうち、いつしか彼は最強へと至る道を歩み始める――。
著 篠崎 芳 イラスト KWKM
シリーズ好評発売中!!